FVA

PAVEL LEMBERSKY

FLUSS NR. 7

Aus dem Russischen
übersetzt von Olga Radetzkaja

FRANKFURTER VERLAGSANSTALT

INHALT

AUF DER WOLGA

Das Gesicht meines Freundes und entfernten Verwandten Lew Borissowitsch? Na ja, allenfalls vielleicht die obere Hälfte: eine niedrige Stirn, dünne, über der Nasenwurzel zusammengewachsene Augenbrauen, ein etwas zerstreuter Blick, der auf dem schon vom ersten Gelb gestreiften linken Wolgaufer ruhte. An die untere Gesichtshälfte erinnere ich mich weniger gut: ein Kinn, das unter dem Ansturm der Gefühle zitterte, oder womöglich leicht spöttisch lächelnde sinnliche Lippen? Ich bin nicht sicher.

Unmittelbar nach seiner Krise begab er sich auf Drängen seiner Freunde auf eine achttägige Schiffsreise nach Nishni: Schau dich bloß mal an, wie du aussiehst; eine Flusskreuzfahrt stärkt die Gesundheit und hebt die Stimmung; wegen so was hängt man sich doch nicht auf; und Sonnenuntergänge, Sonnenuntergänge gibt es da! Doch Stepankowo zog vorbei, und an die Stelle seiner Gewissheit, dass die getroffene Entscheidung richtig war, trat allmählich Ungewissheit, ob die getroffene Entscheidung richtig war: Es war kalt auf dem Fluss. Von einer Gewissheit, dass die getroffene Entscheidung falsch war, konnte man jedoch noch nicht sprechen, und so nahm er all seine Willenskraft zusammen und unterdrückte den Wunsch, sich bei der zweiten Schleuse an Land absetzen zu lassen und mit dem Vorortzug nach Moskau zurückzufahren.

»Warte noch bis Uglitsch, Lieber«, sagte seine innere Stimme zärtlich zu ihm, und entgegen seiner Gewohnheit hörte er auf sie.

Auf dem Hauptdeck läuft eine alberne französische Filmkomödie. Es geht ihm gegen den Strich, der Handlung zu folgen. Wenn das alles ist, was die Nation, die der Welt die Nouvelle Vague geschenkt hat, der Wolga schuldig zu sein glaubt ...

Die erste Hälfte seines Urlaubs hatte Lew Borissowitsch bei seiner Tante in Odessa verbracht. Dort sah er: das Haus seiner Kindheit, Kohlweißlinge und ein Insekt namens Feuerwanze. Beim Anblick des Letzteren verlor er die Fassung. Feuerwanzen hatte er seit achtzehn Jahren nicht gesehen.

»Ich begreife nicht«, sagte er zu der alten Frau, während er vom Balkon auf unter gelb-blauer Flagge marschierende Rekruten hinabsah, »wieso Chabrols ›Madame Bovary‹ in Europa und Amerika praktisch nicht zur Kenntnis genommen worden ist, trotz der glänzenden schauspielerischen Leistung der Huppert, während die ›Madame Bovary‹ von Sokurow aus irgendeinem Grund als Meilenstein gilt. Wieso bloß?«

Im Hof unten rannten Straßenköter umher; auf dem Asphalt saß ein kräftig gebauter Mann mit Vollbart. Er rief seiner Frau, die sich aus einem Fenster im Erdgeschoss lehnte, etwas zu.

»Wenn das ein Meilenstein ist«, sagte Lew Borissowitsch zu der alten Frau, »wozu soll man dann noch leben, sich quälen, leiden oder auch lieben?«

»Du brauchst eine Frau, Ljowuschka«, antwortete seine Tante.

Zum Abschied gab sie ihm ein Glas Quittenmarmelade mit.

Zurück in der Hauptstadt kaufte Lew Borissowitsch Netschitailo, der übrigens als Buchhalter bei der Zeitschrift *Filmkunst* arbeitete, ein Stangenweißbrot zu einhundertvierzig Rubel und Butter zu vierhundert, setzte sich dann zu Hause auf einen Hocker in der Küche, bestrich ordentlich fünf Brote mit Butter und Marmelade und aß eines nach dem anderen auf. Anschließend wischte er sich die Brotkrümel vom Jackett, holte eine dicke Schnur aus der Schublade des Küchentischs, knüpfte sie zu einer Schlinge und trank, um sich zum Schluss noch ein bisschen aufzumuntern, direkt aus der kleinen Kanne den Teesud; danach trug er den Hocker ins Wohnzimmer, warf die Schnur über den Haken für den Deckenleuchter – der Leuchter war ihm bereits 1989 gestohlen worden –, steckte den Kopf durch die Schlinge, zog sie fest und stieß mit dem Fuß den Hocker weg. Der Hocker landete im Geschirrschrank. Auf den Lärm des zersplitternden Glases hin kamen die Nachbarn herbeigelaufen. Sie riefen die Miliz. Dabei wäre eigentlich ein Krankenwagen nötig gewesen.

»Eine Depression ist das noch lange nicht«, sagte Lew Borissowitsch dem Milizionär, während er sich aus der Schlinge befreite, fügte dann hinzu: »Madame Bovary – c'est moi«, und bat den Milizionär, diese Aussage ins Protokoll aufzunehmen. Das tat der auch und beruhigte gleich darauf mit einem Handkantenschlag in den Nacken den verhinderten Selbstmörder, der plötzlich mit Fäusten auf ihn losging.

»Merde!«, rief Lew Borissowitsch aus, ging in die

Hocke und fing vor Scham, Schmerz, Erniedrigung, Ohnmacht, Ausweglosigkeit und Gott weiß aus was für Gründen noch zu weinen an. Damit könnten wir uns eigentlich auch von ihm verabschieden, aber ich persönlich möchte gern noch ganz kurz etwas zu seiner Wolgafahrt sagen.

In seiner Kabine der dritten Klasse angekommen, aß er im Handumdrehen den Rest der Quittenmarmelade von seiner Tante auf, streckte sich auf seinem Bett aus und dachte, dass es in der Kabine bedeutend wärmer war als an Deck. Dann fing er an, zu philosophieren.

»Wie reagiert der Organismus auf äußere Reize?«, dachte Lew Borissowitsch. »Ganz einfach – mal so, mal so. Mal ziehen sich die Pupillen zusammen, mal beschleunigt sich der Herzschlag, mal strömt das Blut, das mag man gar nicht sagen, wohin.« An dieser Stelle nun spürte unser Held deutlich, dass er glücklich war. Und zwar glücklich an jedem Tag seines Lebens. Sogar, so seltsam das klingen mag, als er sich aufhängen wollte.

Was braucht der Mensch denn im Grunde? So gut wie nichts. Zwei, drei Schleusen. Die Stadt seiner Kindheit, aus der außer seiner Tante alle irgendwann weggezogen sind, doch über dem Boulevard flattern immer noch die Schmetterlinge, als wäre nichts geschehen, Feuerwanzen krabbeln herum, und Tauben fliegen in die Luft, mit diesem seltsamen Gummigeräusch – mit Worten lässt sich das gar nicht richtig beschreiben.

»Wenn alles Unglück vom Denken kommt«, dachte Lew Borissowitsch, »dann gilt dasselbe wahrscheinlich auch für das Glück. Man kann es lernen.« Er persönlich hatte dafür zwar ein halbes Leben gebraucht, aber ein halbes Leben, das war schließlich noch keine Zeit. Das war schließlich nur die Hälfte der Zeit.

Sie waren kurz vor Uglitsch, und an die Stelle seiner Gewissheit, dass die getroffene Entscheidung richtig war, trat allmählich die Gewissheit, dass es überhaupt nicht nötig war, Entscheidungen zu treffen, da diese in der Natur gar nicht vorkamen. »Schwerfällig formuliert, meinetwegen, Kanzleistil, meinetwegen, aber dafür stimmt es«, entschied Lew Borissowitsch.

Zum Mittagessen im Restaurant auf dem Hauptdeck gab es: Stschi, Buletten mit Reis und Kompott aus Dörrfrüchten. Lew Borissowitsch war glücklich.

»Nein, die weiß ich nicht«, sagte er ihr am Telefon aus London. »Telegrafier mir so schnell wie möglich ins Hotel.«

Also »ich« ist hier er, Michail, »sie« ist seine Frau Ljuba, und »die« sind die Schuh- und Kleidergrößen ihrer Tochter Tanja. Telegrafieren sollte sie, weil er zwar Ljubas Größen wusste, aber Tanjas Größen wusste nur Tanja. Und Tanja war in der Schule.

Ich habe ihn nie leiden können. Wegen seines ekelhaften Nihilismus. Ich weiß noch, wie er einmal bei mir in der Sretenka von einer Ecke zur anderen hin- und herlief und laut überlegte: »Eines verstehe ich nicht«, überlegte er laut, »okay, den Eisernen Felix haben sie umgekippt, und für Fanny Kaplan haben sie ein ewiges Feuer angezündet, schön und gut, aber warum, frage ich mich, traut sich immer noch keiner an Puschkin ran? Was ist das für ein Götzendienst mitten in der Hauptstadt? Wieso fangen die alten Leute am Geburtstag des Dichters an zu schniefen und nuscheln und beten aus dem Gedächtnis *Stürme durch den Himmel eilen* her, und der Direktor einer Aktiengesellschaft trägt ohne Stocken *Ich denk des Augenblicks, des einen* vor? Wieso haben die Tauben die richtige Einstellung zu diesem Neger der russischen Dichtung gefunden, aber wir nicht? Wann endlich fangen wir an, von den Tauben zu lernen? Die gesamte zivilisierte Welt tut das längst.«

»Vergreif dich nicht an dem Dichter!«, schrie ich ihn an und zitterte. »Er ist unser Ein und Alles!«

»Wann hast du zuletzt *Mozart und Salieri* gelesen?«, fragte er ungerührt. »Schau mal wieder rein. Völlig belangloses Zeug.«

Ich zitterte.

Vom 6. bis zum 9. einschließlich war er innerlich ganz aus dem Häuschen vor grundlosem Glück. Das heißt, so ganz grundlos war es wohl nicht, Madame: Er hatte immer schon töten wollen und es manchmal auch getan. Im Schulhof erschoss er ein kleines Mädchen mit einem Luftgewehr, die Leiche schaffte er sich vom Hals, natürliche Selektion. Später, nach seiner Rückkehr aus Afghanistan, hat er eines Tages einen rotblonden Jüngling an der Wand zerquetscht, einen Wachmann bei der Genossenschaft »Zero«. »Null« heißt das auf Russisch. Und als man ihm dann viereinhalb Mille für den Kopf des stellvertretenden Generaldirektors einer Bank anbot (deren Namen ich aus gewissen Gründen nicht nenne), da konnte er sein Glück gar nicht fassen. »Ist das Ihr Ernst?«, fragte er den Auftraggeber. Der blitzte streng mit den Augen und sagte »ja«.

Sich den Lebensunterhalt mit ihrer Lieblingsbeschäftigung zu verdienen, ist nicht vielen Menschen vergönnt. Van Gogh hat in großer Not gelebt; Mozart war bettelarm; Puschkins letztes Selbstportrait ist von Rechnungen umrahmt; Ihrem ergebenen Diener, Madame, gehen auch des öfteren die Vitamine aus. Und da kam auf einmal so was: eine kinderleichte Arbeit. Einen Sprengsatz unter einem Mercedes vor dem Metropol anbringen und rechtzeitig wieder auf respektvolle Distanz gehen, was war da schon dabei, nicht wahr?

Madame, Sie wollen wissen, warum ich nie über meine Bekannten schreibe? Bitte, hier schreibe ich über meinen Bekannten – den Auftragsmörder Michail Archangelski, der meint, er stünde über der Moral, über unseren Vorurteilen, Madame, die zehn Gebote bedeuten für ihn so viel wie für Sie, pardon Madame, dieselbe Anzahl Strumpfhosen, ich übertreibe nicht.

Die Hälfte der Summe bekam er als Vorschuss am 9.; den Rest – nach der Explosion. Deren Ergebnis, den Zeitungsberichten nach zu urteilen, den Erwartungen entsprach: Einige Finger des stellvertretenden Direktors fand man am Eingang des Polytechnischen Museums, sein Fuß in einem italienischen Schuh der Marke »Arpeggio« wurde bis vors Maly-Theater geschleudert. Und der Generaldirektor der Bank beschloss, vorübergehend unterzutauchen.

Was macht unser Auftragsmörder mit den viereinhalb Mille? Er fährt nach London, zu Harrod's, einkaufen.

»Und weiter nichts?«, löcherte ich Michail. »Und was ist mit Stratford-on-Avon? Da schaust du doch bestimmt vorbei?«

»Äh?«, rülpste er.

Ich klärte ihn auf.

»Auf den pfeif ich«, schnaubte der Killer. »Solche Figuren wie Shakespeare halten die Sprachentwicklung bloß auf. Selbst wenn er irgendwann wirklich gelebt hätte – was ich stark bezweifle –, hätte dieser Scheißer einfach in die Luft gejagt gehört. Schau dir die Tauben an! Die Tauben leben ganz in der Gegenwart.«

Madame! Nun gut, nehmen wir einmal an, dass Shakespeare nie existiert hat. Ich bin sogar bereit, noch weiterzugehen und anzunehmen, dass auch einige seiner Stücke nicht existieren. Aber manchmal, nicht wahr, Madame, manchmal sehnt man sich so sehr nach einer Pilgerfahrt, man möchte so gern an einer bestimmten Haltestelle aussteigen und einen zufälligen Passanten nach dem Weg zu dem Häuschen fragen, in dem der und der gelebt hat, möchte Blumen auf ein Grab legen, auch wenn es vielleicht leer ist, vor jemandem niederknien, auch wenn er vielleicht nicht existiert. Verstehen Sie mich, Madame?

»Den Barden lässt du in Ruhe, du Aas!«, schrie ich ihn an und zitterte.

Michail war in Fahrt gekommen, er schien mich gar nicht zu hören.

»Die eigene Lust an Mord und Gewalt hinter den Masken seiner Helden zu verstecken – wie feige! Wie niederträchtig!«, rief er aus.

Ich zitterte.

Von Harrod's aus ging Michail auf einen Sprung ins Pub Zum Löwen mit den paar Oliven. In dem dunklen Raum hätte er sich beinahe erst eine Beule geholt – so tief hing die aus unerfindlichen Gründen an der Decke befestigte Harfe herunter.

»Sonderbar«, sagte Michail zu sich selbst, und zu dem Barmann mit dem sauber in der Mitte gescheitelten blonden Haar sagte er in seinem mangelhaften Englisch: »Warum Harfe?«

»Weil Harpo früher oft hier war.«

Der Barmann zeigte auf das Foto eines Mannes mit Perücke und Tränensäcken. Der Mann lächelte Michail traurig an. Und plötzlich zog es Michail nach Russland, und zwar mit solcher Macht, dass er nicht einmal ein Bier bestellte – so sehr zog es ihn auf einmal nach Hause. Ob es nun das Gesicht auf dem Foto war, das Michail an jemanden erinnert hatte, oder ob der Russe als solcher, selbst wenn er Jude ist, zu langen Auslandsaufenthalten grundsätzlich unfähig ist – ich weiß auch nicht, was da los war.

»Und wer ist dieser Harpo?«, fragte unser Killer, obwohl Harpo ihn in diesem Moment, ehrlich gesagt, einen feuchten Trafalgar-Square-Dreck interessierte.

»Harpo?«, wunderte sich der Barmann.

»Genau, Harpo.«

Darauf fing der Barmann an, den Film *Die Marx Brothers auf der Universität* nachzuerzählen. Michail verstand bei weitem nicht alles, aber der Barmann mit den jetzt rosigen Wangen gestikulierte so komisch, er blies so drollig die Backen auf und stülpte die Lippen vor, um die Streiche des frechen Harpo nachzuspielen, dass unser Killer, obwohl er seiner Natur nach ein eher missmutiger Mensch war, nicht mehr an sich halten konnte und in die vorgehaltene Hand hineinprustete. Und noch einmal in die Hand prustete. Und schon wieder in die Hand prustete. So ging es mehrmals hintereinander. Schließlich lachte er ganz offen. Die Schachteln mit seinen Einkäufen fielen eine nach der anderen auf den frisch geputzten Boden. Zwei, drei Fliegen, die auf dem Tresen neben einem von irgendwem stehen gelassenen Guinness gesessen hatten, erschraken vor Michails Konvulsionen, flogen auf und fingen an, unter der Decke des Pubs zu kreisen …

Mit den Mitbringseln aus London waren Ljuba und Tanja zufrieden. Es gab zwar einen Streit wegen eines Paars Wildlederschuhe mit Plateausohlen – Mutter und

Tochter hatten dieselbe Schuhgröße, wie sich herausstellte –, doch sie fanden, nicht ohne Michails Zutun, eine recht einfache Lösung: Die Schuhe wurden abwechselnd getragen. So weit die Neuigkeiten bei uns.

Ach ja, und beinahe hätte ich es vergessen: Neulich habe ich *Mozart und Salieri* wiedergelesen. Es ist wirklich nicht sein stärkstes Werk, aber Puschkin, Madame, liebe ich nach wie vor und werde ihn auch immer lieben. Die Tauben haben mir nichts beizubringen.

»Im Exportversand«, fiel er ihr ins Wort. Sie schnippelte weiter wie aufgezogen. Sie waren beide Ende dreißig, ihr war vor kurzem ein Weisheitszahn entfernt worden, er sammelte ungebrauchte Briefmarken, seine Sammlung wurde auf zweihundertfünfzig Rubel geschätzt, aber er verlangte partout dreihundert, und damit basta.

»Im Exportversand?«, fragte sie verständnislos nach. Zu zweit war es zu eng für sie in der Küche, aber die Arbeit ging gemeinsam schneller. Er kniff sie, sie sagte »aua«, hörte aber nicht eine Minute lang zu schnippeln auf.

»Hörst du neuerdings schlecht? Ja, im Exportversand!«, brüllte er, um die heftig zischende Pfanne zu übertönen. Hier müssen wir diese Szene wohl abbrechen, um Zeugen jener Ereignisse zu werden, die der Zeugung Slawiks unmittelbar vorausgingen.

Wie kam es zu dem Streit zwischen Sachar und Faina? Ganz einfach. Damals, Mitte der fünfziger Jahre, noch mit Schnurrbart und Offiziersrang, sang Sachar häufig, den Blick zu Boden geschlagen, einen falschen Text zum *Lied vom Vaterland*:

Vaterland, kein Feind soll dich gefährden,
Teures Land mit all den vielen Herden,

doch in seinem Kopf tönte dabei etwas ganz anderes: »Ihr habt mir doch das ganze Leben versaut, ihr Drecksäcke! Abkratzen sollt ihr Drecksäcke alle miteinander! Ich kann euch nicht leiden.« – Dagegen sang sie zur Musik aus dem Wandradio *Maiglöckchen, Maiglöckchen,* und der Wind liebkoste ihr frisches Gesicht. An Komfort dachte damals keiner groß – es gab nichts zu beißen. Sein Vater war aus dem Lager nicht zurückgekommen, dort gelandet war er allerdings nicht als Volksfeind, sondern weil er als Lyrikübersetzer aus Geistesabwesenheit irgendeinen falschen Autor übersetzt hatte. Er kannte Thoreau, glaubte an eine höhere Gerechtigkeit und schrieb seinem Sohn nach Hause: »Bei den alten Maya galt es als Ehre, den Göttern geopfert zu werden, alles klar, Sachartschik?«

Eines Tages, es war ein Dienstag, war Sachartschik auf dem Weg zur Bäckerei einer alten Frau behilflich. Wie junge Männer eben manchmal wohlhabenden älteren Damen behilflich sind. Als er nach Hause kam, war er guter Laune. Pfeifend lud er Dosen mit Sprotten, Krabben und anderen Viktualien auf dem Tisch ab. Faina, die diese Szene schweigend beobachtete, erriet sofort alles. »Abschaum«, sagte sie beherrscht, dann nahm sie eine Dose Krabben vom Tisch, öffnete das Fenster und schleuderte die Dose hinaus. Sachartschik schimpfte seine Frau eine hirnlose Ziege, rannte aus dem Haus, in der Hoffnung, die Dose wiederzufinden, aber jemand hatte sie schon mitgehen lassen. Nach Hause kam er erst gegen Morgen zurück, und zwar ziemlich betrunken. Faina redete wegen dieser ganzen Geschichte zwei Tage lang nicht mit ihm und ließ ihn nicht an sich heran, selbst nachts nicht. Am dritten Tag hielt Sachartschik es nicht mehr aus, er wurde wütend und nahm sie mit Gewalt, wobei sein Adamsapfel auf und ab ruckte. Danach versöhnte Faina sich mit ihm, aber die Sprotten rührte sie weiterhin nicht an. Achteinhalb Monate später gebar sie ein Kind. Den Jungen nannten sie Slawik, nach seinem Großvater.

Als Kind konnte Slawik über der Lektüre von Cicero buchstäblich alles vergessen. »Von wem er das bloß hat?«, wunderte sich Sachartschik. »Bist du so begriffsstutzig, oder tust du nur so?« Faina tippte sich an die Stirn. »Von deinem staatlicherseits verfolgten und posthum rehabilitierten lieben Papa, von wem denn sonst?« Besonders gern zitierte Slawik einen auf den 14. März 45 v. u. Z. datierten Brief Ciceros an Atticus:

»Ich benötige jetzt kein großes Einkommen mehr, sondern kann mich mit wenigem zufrieden geben. Zuweilen erwäge ich, Gärten jenseits des Tibers zu kaufen.«

Dass die Jungs im Hof Slawik nicht leiden konnten, ist klar. Sie gaben ihm den Spitznamen »Slawka-Cicero – gepuderter Popo«. »Fangt ihn!«, schrien sie ihm hinterher. Beim Fußball auf ein Tor ließ ihn keiner schießen. Und auch *Mein kleiner Koffer* konnte er später als die anderen auf der Gitarre spielen. Dieses Lied wurde auf den ersten beiden Saiten gespielt, und der Text dazu ging so:

Mein kleiner Koffer ist voll mit Gras,
Wer das probiert, hat 'ne Menge Spaß,

und danach ging es ohne Worte weiter, man musste nur auf eine bestimmte Art mit dem Kopf nicken und singen: »Ta-TA-ta TA-ta ta-TA-ta-TA«, und noch einmal: »Ta-TA-ta TA-ta ta-TA-ta-TA«. So, und nachdem wir jetzt allmählich eine klarere Vorstellung von Slawiks Kindheit haben, ist es vielleicht an der Zeit zu erzählen, wie seine Großmutter Fira gestorben ist und wer ihre Wohnung bekommen hat.

Eines Tages im Winter fährt Fira vom Markt nach Hause. Im Trolleybus wird ihr schlecht; sie lässt ihren Korb fallen, aus dem Korb rollt eine reife Dattelpflaume heraus, jemand tritt darauf und sagt »Huch!«. Derweil gehen Slawik und Elka, die mit dem Zopf, von der Schule nach Hause. Er trägt ihre Schultasche. »Weißt du noch, bei Swift, die fliegende Insel?«, sagt Elka träumerisch, »Auf der jeder ein Instrument spielte, aber keiner etwas bauen konnte?« »Ja«, lügt Slawik, der Swift nicht gelesen hat.

Plötzlich bemerkt er auf einer Bank am Rand einer Grünanlage seine Großmutter, umringt von einer neugierigen Menschenmenge; ein Krankenwagen kommt, die Großmutter wird auf eine Trage gelegt und ins Krankenhaus gebracht.

Zu Hause herrscht allgemeine Aufregung: Wenn die Großmutter stirbt, wer kriegt dann ihren Wohnraum in der Gasse der Helden von Tsushima? Der Nachbar Pal Palytsch ist der Meinung, dass er ein Anrecht auf das Zimmer hat. Er war Frontkämpfer, der Feind hat ihm mit einer Granate das Fortpflanzungsorgan deformiert, er ist mehrfach ausgezeichnet worden. Aber auch der Röntgenologe Mejerson mit seiner unvermeidlichen Belomor zwischen den geschminkten Lippen meldet Ansprüche an. Hustet, streicht eine gefärbte Haarsträhne zurecht und meldet Ansprüche an.

»Jetzt lebe ich schon so lange, aber zum Sterben habe

ich immer noch keine Lust: Ich bin einfach nicht daran gewöhnt«, sagt Sachartschiks Mutter, mit so einer schwachen Stimme, und wischt mit der flachen Hand eine Träne weg. »Unsinn, Mama«, antwortet ihr Sohn und reicht ihr eine Mandarine. »Du wirst uns noch alle begraben, wart's nur ab.« »Ach, versuch bloß nicht, mir irgendein Dingsda vorzumachen«, sagt die alte Frau ärgerlich.

Und sie hat Recht behalten – niemanden hat sie mehr begraben, sie war es, zu deren Begräbnis alle gekommen sind: Slawik, Faina und ihre Schwester, Sachartschik, Pal Palytsch mit all seinen Orden, Mejerson und seine Mutter – die war über neunzig und hatte die Tote schon als Braut gekannt. Elka mit dem Zopf schließlich, ganz in Schwarz, bekam einen Weinkrampf am Sarg – sie war ein sehr sensibles Mädchen.

Fünf Jahre später landete Slawik mit seiner Familie in Rom, aber irgendwelche Gärten jenseits des Tibers konnte er nicht entdecken. »Noch so eine Verarschung«, dachte er. Slawik wollte sogar Elka davon schreiben, aber er hatte ihre Adresse auf der Reise verloren. Er konnte ja nicht ahnen, dass er an die alte Adresse seiner Großmutter hätte schreiben müssen, nicht wahr? Großmutters Wohnung hatten nämlich Elka und ihr Mann bekommen: Elkas Vater war ein einflussreicher Mensch mit Beziehungen, und für seine Tochter tat er alles.

TOTALE IMMERSION

Sachartschiks Frau zog sich gern schick an. Einen tadellosen Geschmack hatte sie. Faina – gebe Gott ihr ein langes Leben – hatte eine gewisse Ähnlichkeit mit der verstorbenen Fira, Sachartschiks Mutter. So eine, nach der man sich umdreht, mit einem runden kleinen Po. Sachartschik war sie zwar gleichgültig, aber am Ende hieß das doch, dass er sie mehr liebte als alle anderen, denn alle anderen waren ihm im besten Fall unangenehm.

Zum Geburtstag seiner kleinen Faina bestellte er also beim besten Schneider der Stadt, bei Ruwim Rosenberg, einen Persianermantel für sie. An dem Mantel nähte Rosenberg ganze zweieinhalb Monate lang, sodass er nicht zu Fainas Geburtstag, sondern erst zum Internationalen Frauentag fertig wurde, aber das Ergebnis hätte glatt aus einer westdeutschen Modezeitschrift stammen können, und Faina sah darin wirklich wie ein Püppchen aus. Getragen hat sie den Mantel nur zu den allerhöchsten Feiertagen und in die Oper.

Die Tochter des Schneiders Rosenberg wiederum war Englischlehrerin an einer Fachoberschule und gab Slawik Nachhilfeunterricht nach einer neuen Methode.

»A nipple«, sagte die unhübsche, kurzsichtige Gera Ruwimowna zum Beispiel und forderte Slawik auf, zu zeigen, wo das war. Slawiks Stimme zitterte, seine Ohren glühten, aber trotzdem nahm er sich zusammen und zeigte nach ganz kurzem Nachdenken, wo das war. Gera Ruwimowna leckte sich die Lippen und nickte beifällig.

»A thigh«, setzte sie den Unterricht fort und sah Slawik direkt in die Augen.

Faina zahlte ihr fünf Rubel die Stunde. Die neue Methode hieß »Totale Immersion«. Slawik wusste schon viele Substantive, aber mit den Verben hatte er immer noch gewisse Schwierigkeiten.

Nach dem Unterricht ging Slawik gewöhnlich auf den Balkon, um sich etwas zu erholen, und wenn er allein zu Hause war, zündete er sich eine Zigarette an. Vom Balkon hatte man einen guten Ausblick auf die Stadt. Im Hof trockneten die Nachbarn ihre Wäsche. Lange Unterhosen flatterten im Wind, ärmellose Hemden und Bettbezüge. Die Hemden im Sommer, die Unterhosen und Bettbezüge, wenn es wieder auf den Winter zuging.

»Ich will starke Gefühle«, dachte Slawik in solchen Minuten auf dem Balkon. »Ich wünsche mir, dass jemand in einem Ton mit mir redet, der keinen Widerspruch duldet. Dass im Hof einer schreit: ›An die Wand!‹, und dass im ersten Stock eine junge Frau aufschluchzt beim Anblick meines Körpers, der langsam zu Boden sinkt. Oder dass das Telefon klingelt und eine Stimme ohne jedes Hallo oder Wer-ist-da ›Wann rückst du die dreitausend raus?‹, fragt. ›Ende des Monats brauchen wir sie nicht mehr. Wir brauchen sie übermorgen.‹ Es geht auch noch einfacher: ›Nimm die Hände aus den Taschen, du Miststück, wird's bald!‹ Oder: ›In die Ecke, Dreckskerl!‹ Und nur die Liebste oder ihre beste Freundin sieht mir abends zärtlich in die Augen und fragt: ›Liebling, was ist denn passiert? Du bist heute irgendwie so anders. Hast du wieder Ärger in der Schule gehabt?‹ – Dumme Kuh, so eine dumme Kuh!« Slawik wurde in Gedanken ernstlich böse auf das Mädchen. »›Ärger gehabt! Unsere Partei ist zerschlagen, im Hof haben sie mich an die Wand gestellt, und dieses Pack verlangt schon wieder Geld von mir! ...‹ Sie (unterbricht): ›Ja, ich weiß, die Nachbarin hat es mir erzählt. Sie hat alles genau gesehen!‹ – Alles genau gesehen!«, äffte Slawik dann in Gedanken seine Liebste nach, warf seine Kippe weg und ging zurück ins Zimmer, zog seine neuen Schuhe an, rollte ein Handtuch in eine Zeitung ein und lief zu seiner Liebsten, ein Bad nehmen.

Slawiks Liebste hieß Oxanka. Sie war die Schwester eines Fußballspielers. Sie saß auf einem Stuhl vor dem Fernseher, in dem ihr Bruder herumlief. Er war ein guter Spieler, schnell und sicher. Slawik gab ihr ein Küsschen auf die Stirn und ging ein Bad nehmen. Dann badete Oxanka. Dann ruhten Slawik und Oxanka sich vom Baden aus – er auf dem Stuhl, sie auf seinem Schoß. Sie roch nach Shampoo. Slawik schmolz nur so dahin, aber sie starrte dauernd auf ihren Fußball spielenden Bruder mit seinen Kniestrümpfen und der »8« auf dem schmutzigen Trikot. Ihr Bruder war ein bekannter Mittelfeldspieler, sie war eine Studentin, und Slawik machte gerade seinen Schulabschluss und bereitete sich auf die Aufnahmeprüfung am Landwirtschaftsinstitut vor. In jenem Frühjahr wurde bei Slawik oft das Wasser abgestellt, und er ging zu Oxanka baden.

Oxanka starrte wirklich wie gebannt auf ihren Bruder im Fernsehen. Die unseren spielten im Großen und Ganzen nicht schlecht, aber am Ende der ersten Halbzeit war immer noch kein Tor gefallen. Null zu null. Genauso wenig Bewegung war übrigens bezüglich Oxankas Flanellbademantel zu verzeichnen. Slawik liebte sie, aber sie quälte ihn und wollte partout nicht die Beine breit machen, dieses eigensinnige Mädchen, dabei bat er sie so sehr darum! Ihre Augenbrauen waren buschig und ihr Wesen schroff, aber untendrunter war sie schüchtern und seidig. Wie Slawiks Raupe und ihr Schmetterling dann doch noch zusammengekommen sind, das ist allerdings ein Thema für sich.

Fainas Persianermantel hat Slawik im September desselben Jahres beim Siebzehn und vier verspielt. Faina kann ihm das bis heute nicht verzeihen. Gera Ruwimowna und ihr Vater sind nach Israel ausgewandert. Er ist schon lange in Rente, sie hat Arbeit als Reiseleiterin gefunden. Geheiratet hat sie immer noch nicht.

»To squeeze one's buttocks tightly«, erklärte sie Slawik eine neue Lektion, kurz vor ihrer Ausreise, aber er tat so, als würde er sie nicht verstehen. Sie gefiel ihm nun mal nicht. Ihm gefiel Oxanka.

SAXOPHONSOLO

Ihre Stimmung war am Tiefpunkt. Nicht einmal lesen mochte sie. Sie schlug *Madame Bovary* auf – sterbenslangweilig. Sie versuchte es mit *Mumu* – der letzte Mist. »Wo bleibt er bloß?«, dachte sie und wollte schon einen Zettel am Kühlschrank hinterlassen: »Wärm dir die Suppe auf, ich gehe Samantha abholen«, da hörte sie seine eiligen Schritte vor der Tür. Er kam herein, gut gelaunt, ließ aus seiner Tasche ungefähr fünf Kugelschreiber auf den Tisch kullern und begann, noch im Mantel, ausführlich zu erzählen, wie er gewartet hatte, bis die meisten Mitarbeiter aus seiner Abteilung zum Mittagessen gegangen waren, wie er auf Zehenspitzen zum Tisch der Sekretärin geschlichen war und unter dem Kalender neben dem Telefon den Schlüsselbund mit Stoppschild-Anhänger gefunden hatte (»Aber das konnte mich nicht bremsen«, scherzte er), wie er dann, die Schlüssel in der Hand, zur Tarnung dreimal an dem Schrank mit den Büroartikeln vorbeigegangen war und, nachdem er sich überzeugt hatte, dass ihn niemand beobachtete, von den vier Schlüsseln am Bund schnell den passenden gefunden, die Schranktür geöffnet und die Kugelschreiber herausgeholt hatte.

»Na, was sagst du?« Triumphierend er sah sie an, er erwartete mindestens einen Kuss. Sie schnitt eine säuerliche Grimasse.

»Was ist los?«, fragte er, warf seinen Mantel über einen Stuhl und ging zum Kühlschrank.

»Nichts«, antwortete sie und dachte: »Mein Mann arbeitet als Büroangestellter in einer Werbeagentur, er verdient zweihundertfünfzig Dollar die Woche, er hasst seine Arbeit, und er rächt sich an seinen Vorgesetzten, seinem Schicksal und sich selbst, indem er während der Mittagspause Kugelschreiber klaut.«

»Und was gibt es zum Abendessen?«, fragte er, bemüht, ihre Laune nicht zu bemerken.

»Das, was du kochst«, kam die Antwort aus dem Flur.

Dann hörte er die Tür ins Schloss fallen: Um sechs holte seine Frau ihre gemeinsame Tochter vom Training ab.

Vor einem Jahr noch hatte sie verzückt seine gebeugte Gestalt betrachtet, wenn er schweigend am Fenster stand und zusah, wie der nasse Februarschnee auf die Autodächer fiel.

»Er ist einfach ein Träumer«, dachte sie in solchen Momenten. »Bestimmt komponiert er gerade wieder irgendetwas.«

Ein Jahr war das erst her! Jeder Scherz von ihm hatte sie gefreut, auch die weniger gelungenen hatte sie mit schallendem Gelächter quittiert. Alle fünf Minuten hatte sie ihm die Schuppen vom Revers seines zweireihigen Jacketts gepustet. Das war Liebe. Vor sechs Jahren, als sie geheiratet hatten, war er ein schlanker, lockiger, hoffnungsvoller Saxophonist gewesen. Und auch vor einem Jahr hatte sie in dem übergewichtigen, aufgeschwemmten Restaurantmusiker, dem allmählich die Haare ausgingen, immer noch ihren Erik von damals gesehen –

den hoch begabten Jüngling, mandeläugig, zart, angenehm im Umgang und angenehm anzufassen, mit seinem taillierten Hemd, den Cordhosen und den schulterlangen rotblonden Locken. Kennen gelernt hatten sie sich in Sotschi, standesamtlich heirateten sie in Kiew, und die Hochzeitsfeier fand schon in New York statt, in einem kleinen Restaurant in der Nähe ihrer Wohnung in Astoria.

Wenn sie zu zweit spazieren gingen, umgab sie ein Leuchten. Kindergartenkinder lächelten ihnen zu. Katzen liefen ihnen nach. In der Pizzeria auf der 32., Ecke Broadway, bekamen sie zu viel Wechselgeld heraus. Und zwar nicht nur einmal – das ist sicher jedem schon mal passiert –, sondern fast immer, was zumindest ungewöhnlich ist, nicht wahr. Angenommen, sie bestellten Pizza Napoli, zwei Stücke, mit Oliven und Champignons. Rechnen wir nach: ein Dollar fünfundsiebzig mal zwei, macht drei fünfzig. Dazu einen großen Becher Coca-Cola light – sie nahmen immer einen großen Becher für beide zusammen –, ein Dollar fünfundzwanzig. Er gab dem immer unrasierten Stan in der weißen Schürze einen Zehndollarschein, Stan tippte den Preis in die Kasse ein und zählte ihm das Wechselgeld vor: einen Fünfdollarschein, zwei Eindollarscheine und fünfundzwanzig Cent. Macht zusammen: sieben fünfundzwanzig. Er hätte aber nur fünf fünfundzwanzig zurückbekommen müssen. Und so ging das fast jedes Mal. Dabei zwinkerte Stan immer erst ihr, dann ihm zu und rief von seiner Theke aus heiser »buon appetito!«.

Vor zehn Monaten war das Restaurant, in dem er donnerstags, freitags und samstags spielte, überraschend abgebrannt. Gerüchteweise hieß es allerdings, so groß sei die Überraschung gar nicht gewesen. Die Besitzer, behaupteten böse Zungen, hätten ausgerechnet, dass die Versicherungssumme im Brandfall mehr als dreimal so hoch wie ihr Jahreseinkommen war. Eine einfache Rechenaufgabe. Und so kam er eines Samstags nicht wie üblich nachts um drei nach Hause, sondern um halb zwölf, schwarz vor Ruß, das Saxophon gegen die Brust gedrückt. Sie hörte die Tür quietschen, legte *Anna Karenina* zur Seite, sprang aus dem Bett und lief in die Diele.

»Was ist passiert?«, fragte sie. »Wo ist dein Saxophonkoffer?«

»Verbrannt«, flüsterte er, ließ sich langsam auf den Stuhl neben der Garderobe sinken und begann leise zu weinen. Sie versuchte ihn zu trösten, küsste ihn auf die nassen Wangen, dann setzte sie sich auf seinen Schoß und knotete ihm die dunkelgrüne Fliege auf, die sie ihm zum dreißigsten Geburtstag geschenkt hatte.

Nach zweieinhalb Monaten erfolgloser Arbeitssuche in den New Yorker Restaurants nahm er eine Stelle im Büro der Werbeagentur an, in der auch ihre Freundin Jill arbeitete. Die Arbeit dort war ihm anfangs gleichgültig, später fing er an, sie still zu hassen. Samstags, wenn seine Frau mit der Kleinen im Park war, oder wenn sie an den Werktagen das Mädchen vom Training abholte, nahm er sein Saxophon aus dem Schrank – den Rußbelag hatte er mit einem speziellen Reinigungsmittel entfernen können –, stellte sich ans Küchenfenster und begann zu spielen. Er spielte, und seine Gedanken flogen über die nassen Dächer, über die nackten Kronen der dunkel gewordenen Linden hinüber zum Park, wo unter Wolkenfetzen festgefrorener Schnee lag. Er spielte, und seine Gedanken waren schneller als seine Finger, und er dachte nicht an jetzt, sondern an das, was früher war oder was hätte sein können, und daran, dass alles hätte anders kommen können, dass er, statt auszureisen, die Ausbildung zum Logopäden hätte machen können – ihr Vater hatte versprochen, ihm bei der Stellensuche zu helfen –; er hätte in einer Lotterie einen Fotoapparat gewinnen und vor Glück ganz betäubt sein können, im Sommer hätte er mit den Freunden seiner Frau Préférence gespielt, und seine Frau hätte sich gesorgt: Setz dich doch in den Schatten, du kriegst noch einen Sonnenstich; vieles hätte zur Gewohnheit werden können – »Komm essen«, zum Beispiel; von der anderen, der Ersten hätte er viel seltener geträumt, und wenn, dann hätte sie im Traum vielleicht gelacht, aber nicht über ihn, sondern weiter weg, unten bei den Steinen; sie hätte ihn lieben können, und ihm wäre die Tränen gekommen, warum denn nicht, und ein Kloß im Hals, warum denn nicht; die Juden hätten das R weniger in der Kehle rollen können, die Russen weniger lallen nach dem dritten Glas, die Usbeken weniger Pilaw mit den Fingern essen. Wie war es denn gewesen, früher? Kefir zum Frühstück, schütteln-schütteln-Deckel-ab, das war das eine. Abends zum Tee aß man holländischen Käse, das war das Nächste. Aber gut, wir müssen ja nicht dauernd vom Essen reden. Wozu verallgemeinern, das ist doch dumm. Es gab viel Gutes und genauso viel Hundekacke. Im Mai war es abends kühl, und der Wind kam vom Meer; den Feiertags-Slogan aus Glühlampen über dem Boulevard las man von der Rückseite, dann hieß er: RAM 1. Wir, die wir auf diese Platte standen, lächelten einander zu in der

Dämmerung: Es gefiel uns, dass die Stadtväter unseren Geschmack teilten. Selbst wenn es nur in Spiegelschrift und ohne Absicht war, das machte nichts. Alles hätte anders kommen können. Es war aber genau so gekommen, und das hieß wahrscheinlich, dass es doch nicht hätte anders kommen können. Unter ansonsten unveränderten Bedingungen – das gibt es natürlich nur in der Mathematik, aber im Leben hätte doch trotzdem ihr Absatz auch einen Monat später abbrechen können, und er hätte sie nicht die Treppe hochtragen müssen an jenem Sonntag, und ihre Augen hätten nicht so strahlen müssen in jener Juninacht. Und statt Inga hätte sie meinetwegen Agnia heißen können oder so ähnlich. Und überhaupt, womöglich liegt das Beste schon hinter uns, wer soll das wissen? Oder liegt es doch noch vor uns? War das damals das Beste, oder ist es das jetzt – hier an diesem Fenster, mit diesem Saxophon? Wer kann das sagen? Ich nicht.

An dieser Stelle meldet sich von einer der hinteren Bänke ein Neuer in einem komischen Sakko. Und alle drehen sich nach ihm um. Und der Lehrer sagt ja bitte, Erik. Und Erik, der vor Aufregung ein bisschen stottert, oder noch besser, der das R in der Kehle rollt, steht auf und sagt mit gepresster Stimme: »Ich habe den Eindruck, das Beste liegt schon vor uns!«, und dabei wird er ungeheuer rot. Und alle lachen. Und auch der Lehrer lacht. Und Erik, der Neue, lacht mit. Und das Gelächter um ihn herum schwillt immer mehr an. Und bald ist dieses Gelächter sowohl in ihm als auch um ihn herum, es ist draußen, bei den Linden im Park, und noch weiter weg. Und da sieht er zwei Gestalten – eine große und eine ganz kleine – in der Dämmerung die Straße überqueren, und beide sehen ihn an und sehen sich an, und die große Gestalt zuckt die Achseln und schüttelt den Kopf, und die kleinere winkt ihm zu und lächelt, und er winkt zurück und nickt und spielt weiter.

Ich hoffe, dass diese Erzählung, und ebenso auch meine übrigen Erzählungen – grob geschätzt habe ich schon über fünfzig Stück davon geschrieben –, ihren Leser findet. Sonst ist das ja alles Quatsch irgendwie. Ich schreibe und schreibe wie ein Blöder, aber Erfolg habe ich keinen. Für wen, fragt sich, schreibe ich denn dann dauernd? Wasja würde sagen: für mich selbst. Aber ich bin nicht Wasja, ich kann das nicht so. Deshalb hoffe ich, dass irgendwer jetzt schon dabei ist, das hier zu lesen, und wissen will, wie es weitergeht.

Weiter geht es mit der Wahrheit über meinen Freund Wasja Einarmski, den ich gekannt habe wie meine Westentasche.

Ich weiß nicht, ob wir, die wir uns um Einarmskis Totenbett drängen, wie Nero rufen können: »Was für ein großer Künstler geht hier zugrunde!«, aber schade ist es allemal um den Burschen.

Diejenigen, die Wasjas Liedchen gekannt haben, sagen jetzt manchmal, das dionysische Element habe darin überwogen, aber ist das wirklich so?

Wasja hat nicht von heute auf morgen mit seiner Vergangenheit als leidenschaftlicher Onanist gebrochen. Den Zusammenhang zwischen sich verfestigender Natur und bildender Kunst hatte er früh schon erahnt. Einmal, in der großen Pause, malte er auf einem karierten DIN-A4-Blatt eine nackte Frau und spürte plötzlich eine Bewegung des Fleisches: Wasjas Glied wurde steif. Und das war, wie man es auch dreht und wendet, seiner eigenen Hände Werk, vermittelt durch die Kunst.

Wie sein Mathematik-Nachhilfelehrer, der laut Wasja Ähnlichkeit mit Sokrates hatte, zu sagen pflegte, weiß jeder Hund, was eine Gerade ist: Er läuft darauf, wenn er ein Stück Fleisch wittert. Und tatsächlich kam Wasja bald auch ohne Malen aus – der Weg zur Natur war kürzer, als er gedacht hatte.

Gewichst hat Einarmski bis zum Ende seines ersten Studienjahrs am Pädagogischen Institut mit unverminderter Begeisterung. Im zweiten Studienjahr dann warb er volle drei Wochen lang um die Gunst der üppigen Lika Stoiko, und erst Ende September, als sie mit der ganzen Gruppe zur Kartoffelernte in die Paten-Sowchose gebracht wurden, gelang es Wasja, einen günstigen Moment abzupassen und die widerspenstige Komsomol-Gruppenleiterin in einem Lagerraum zu bezwingen. Die Sowchose lag in der Gegend von Owidiopol. Das war ein Knurren und Küssen auf den Säcken! Das Ergebnis dieser nächtlichen Wonnen war ein weicher Schanker (Lika schwor, sie sei unschuldig; »dann waren es wohl die Kartoffeln«, scherzte Wasja unbeholfen) sowie das folgende Lied, das Wasja nach seiner Rückkehr in die Stadt schrieb:

Säfte und Hormone sind außer Rand und Band,
Mädchen duften lieblich, ich komme schon ins Schwärmen.
Ich wünscht, ich wär im guten, im alten Griechenland

Mit meiner Liebsten tät ich am Feuer dort mich wärmen.
Hufeschwingend tanze ich den Tanz der Fruchtbarkeit,
Tanz und spür das Blut in meinen Adern kochen.
Wind fährt durch die Reben, er zerrt am Blätterkleid,
Schmollend steht am Himmel der Mond, entzweigebrochen …

Noch auf dem Totenbett sollte Wasja an den lieblichen Duft der Komsomol-Gruppenleiterin Lika zurückdenken, an ihre haarigen Achselhöhlen und den Glanz ihrer erstaunlichen Augen. Im dritten Studienjahr waren sie schon kurz davor zu heiraten, aber ihre Eltern wollten von einem jüdischen Schwiegersohn nichts hören, und auch Wasjas Mutter, Tante Zilja, war entsetzt über diese »dreckige Schickse« aus Perwomaisk.

Dann flog Wasja in einer Boeing nach Amerika, um dort, wie er selbst sagte, sein Potenzial zu realisieren, doch nach nicht einmal zwei Jahren in New York versetzte ihm irgendein verrückter Puertoricaner einen tödlichen Messerstich ins Herz. Was für ein sinnloser Tod!

Auf dem Flug von Moskau nach New York lief eine Komödie mit Liza Minnelli. Wasja brach alle fünf Minuten in lautes Gelächter aus, obwohl er kein Wort verstand. Aber wie hätte er das seiner Familie eingestehen sollen, die so viel Geld in seinen Nachhilfelehrer investiert hatte? Wasjas Mutter war überzeugt, dass ihr Sohn perfekt Englisch sprach und sogar manchmal auf Englisch dachte. »Wenn ich mir um irgendwen keine Sorgen mache, dann ist das mein Wasja«, pflegte Tante Zilja zu sagen. »Mein Wasja wird in Amerika nicht untergehen.«

Wasja hatte auch selbst eine hohe Meinung von seinen Talenten und glaubte an seinen unmittelbar bevorstehenden Erfolg in der Neuen Welt.

»Damit du's nur weißt, Mama«, sagte er zu Tante Zilja, als die Boeing zur Landung ansetzte, »in der Geschichte der Vereinigten Staaten wird man bald zwei Epochen unterscheiden: die bis zu meiner Ankunft und die danach.«

»Großmaul«, knurrte Wasjas Vater und schnallte sich an.

Der Kennedy Airport von oben kam Wasja wie ein riesiger, bunt geschmückter Weihnachtsbaum vor.

Wasja fand ohne Schwierigkeiten Arbeit in New York: Er fegte die Fußböden in einer Pappgeschirr-Fabrik. Tante Zilja verheimlichte diese Tatsache vor ihren Bekannten. Es war ihr peinlich. Sie erzählte allen, Wasja arbeite als Übersetzer für die Vereinten Nationen.

»Und was setzt er da über, die Fähre über den Hudson?«, fragten die Bekannten.

»Sehr witzig«, gab Tante Zilja zurück. »Ihr hättet ja auch selber erst mal Englisch lernen können vor der Ausreise. Dann hättet ihr jetzt auch einen guten Job.«

In den Nächten weinte sie, und Wasja schrieb seine Gedichte. Darin überwog weiterhin das dionysische Element, allerdings vermischte es sich schon mit irgendetwas Undefinierbarem.

Von Zeit zu Zeit dachte er an Lika Stoiko zurück, an die Versammlung, bei der er aus dem Komsomol ausgeschlossen wurde und bei der Lika zornig Einarmskis Charakterlosigkeit brandmarkte und für die Zukunft mehr Wachsamkeit forderte, und dass keine Leute in unsere Reihen aufgenommen werden sollten, die nicht dieselben

Ziele haben wie wir. Nach der Versammlung, abends im Wohnheim, süffelten Lika und er Portwein, hörten Tuchmanow und vögelten, bis ihnen schwarz vor Augen wurde.

In der Fabrik in New York waren sie zufrieden mit Wasja. Er kam pünktlich zur Arbeit, fegte gründlich und war nett zu den Vorgesetzten; eine puertoricanische Packerin machte ihm dauernd schöne Augen, wobei sie ihre großen Zähne freilegte. Irgendwann an einem Freitag lud Wasja sie in eine Bar auf der 36., Ecke 7th Avenue ein.

Sie fingen an, sich regelmäßig zu treffen. Regina, so hieß das Mädchen, sprach noch schlechter englisch als Wasja, und ihren sorgfältig rasierten Schamhügel zierte eine Tätowierung, eine Kreuzigungsszene. Wasja hatte das Kreuz anfangs für ein »X« gehalten.

Eines Samstagmorgens überraschte Tante Zilja Wasja und Regina zusammen unter der Dusche. Tante Zilja wäre beinahe in Ohnmacht gefallen.

»Raus!«, schrie sie. »Aut! No kam bek!«

Das Mädchen zog sich ohne Eile an und ging auf ihren hohen Absätzen davon, stolz die Hüften schwingend.

»Da hättest du doch lieber deine Schickse heiraten sollen als hier die Neger besteigen«, sagte Tante Zilja müde.

»Sei nicht so grob, Mama«, antwortete Wasja vom Badezimmer aus. »Regina ist kein Neger. Sie ist genauso eine Emigrantin wie wir.«

Und er schaltete den Föhn ein, um die Stimme seiner Mutter nicht mehr zu hören. Tante Zilja war beleidigt, sie setzte sich auf einen Stuhl und fing an zu weinen. In der letzten Zeit weinte sie oft, offenbar ahnte sie etwas.

Nach Wasjas Beerdigung lud Regina uns alle zu sich nach Jackson Heights ein. Sie bot uns Gebäck an, dann nahm sie die Gitarre und sang Wasjas Lied über die Säfte und Hormone und die Mädchen. Sie sang mit starkem Akzent, aber richtig, nur die Betonungen setzte sie manchmal falsch. Statt »Blätterkleid« sang sie zum Beispiel »Blättérkleid« und so weiter.

Wasja Einarmski ist es letztlich nicht gelungen, sein Potenzial in Amerika zu realisieren, was schade ist, denn er war ein durchaus talentierter Bursche, nur, Sie wissen ja, wie es so schön heißt: Auswandern ist nicht jedermanns Sache. Geisteswissenschaftler bleiben am besten, wo sie sind. Technisch veranlagte Leute, die einen ordentlichen Beruf haben, Ingenieure meinetwegen oder Biochemiker, das ist was anderes, die sollen ruhig auswandern, die kriegen hinterher auch leichter Arbeit und finden sich besser zurecht und können sich dann auch ein Einfamilienhaus kaufen.

DIE VORHAUT

Nach langer Unterbrechung greife ich wieder zur Feder, werde aber das Gefühl nicht los, dass irgendwer irgendwo schon einmal über dieses Thema geschrieben hat. Ich bin nicht sicher, aber es ist sehr gut möglich, dass sogar ich es war. Nur wo und wann, kann ich nicht genau sagen. Wahrscheinlich nicht vor 1983, denn ich schreibe erst seit März 1983, also seit genau sechzehn Jahren. Halt, das stimmt nicht ganz. Geschrieben habe ich auch schon vor 1983, aber ausschließlich Gedichte, und das kann man erstens nicht ernst nehmen, und zweitens hatten sie für mich persönlich eher eine therapeutische als irgendeine andere Bedeutung. Ich litt damals nämlich ziemlich heftig unter der Trennung von einer vierundzwanzigjährigen Person mit Muttermal am Hals und ließ meinen Emotionen in völlig absurden Gedichten freien Lauf, von denen ich als Beispiel hier eines aus dem Gedächtnis zitiere:

> Ein nicht zu alter Mensch sein Weib mit der Axt tranchiert,
> Sein Herz klopft laut bei dem Radau,
> Er schreit: du alte Sau!
> Die Frau jedoch zu Boden stürzt selbviert.

An dieser Stelle unterbrachen meine wenigen Zuhörer mich regelmäßig und fragten: »Wieso selbviert?«, worauf ich ihnen jeweils geduldig erklärte, dass die Ehefrau in dem Gedicht in vier Teile zerhackt wurde.

Dieses schreckliche Bild hab ich im Sinn,
Auch wenn es wohl auf Schopenhauer fußt,
Der Mensch murmelt etwas vor sich hin,
Die Gedanken wechseln sich ab, wie bei Proust.

Fragen Sie mich nicht, was Proust mit all dem zu tun hat, ganz zu schweigen von Schopenhauer – ich sage ja, das war alles nicht ernst zu nehmen. Am Ende dieses Gedichts kam dann noch eine unbeholfene Variation auf das Thema »Exegi monumentum«, das aller Welt längst zum Hals heraushängt:

Proust hin oder her, »temps perdu« usw.
Was soll's, wenn doch alles zu Staub zerfällt
Und nur ich lebe weiter wie eh und je,
Hier und da auf dieser Welt.

Man kann demnach getrost sagen, dass ich ernsthaft erst seit 1983 schreibe, und deshalb fürchte ich, dass ich das Manuskript mit der Geschichte, um die es im Folgenden geht, doch verloren habe, denn 1985 zog ich – auf Dauer, wie ich dachte – in einen anderen Bundesstaat um, und beim Umzug kamen zwei Kisten abhanden: In einer war Geschirr aus dem Schlussverkauf von Macy's am Union Square in San Francisco, in der anderen Wäsche und Manuskripte. Etwas Geschirr habe ich dann hier in New York dazugekauft, bei Conran auf der 3rd Avenue, aber um die Wäsche und die Manuskripte ist es wirklich schade.

Doch selbst wenn das Manuskript der Geschichte, die sich mit meinem Freund P.L. zugetragen hat, nicht auf diesem Weg verloren gegangen ist, komme ich doch, nachdem ich meine sämtlichen Papiere mindestens fünf Mal durchwühlt habe, endgültig zu dem Schluss, dass es sich nicht in meinem Besitz befindet.

Um diese im Grunde vielleicht überflüssige Erklärung abzuschließen, kann ich somit trotz allem nicht umhin, Folgendes zu sagen: Sollte ich darüber wirklich schon einmal geschrieben haben, dann habe ich das Manuskript dieser meiner Meinung nach unterhaltsamen Geschichte, sofern es nicht beim Umzug verloren gegangen ist, wahrscheinlich vernichtet. Warum ich das getan habe? Genau weiß ich es nicht. Ich kann nur Vermutungen anstellen. Es ist so, dass ich anfangs in Bezug auf meine Prosa viel anspruchsvoller war als heute. Das Schreiben fiel mir schwer. Das können Sie nennen, wie Sie wollen: Selbstdisziplin, Unsicherheit, Hyperaktivität der linken Gehirnhälfte – nennen Sie es, wie Sie wollen. Heute fällt mir das Schreiben viel leichter, ich habe keine Angst mehr, ich weiß, dass ich nun einmal nur so viel Talent mitbekommen habe, wie ich habe, und auch dafür bin ich dankbar. Ich beanspruche keinen Platz unter den Großen, ich lege nicht jedes Wort auf die Goldwaage – ich schreibe so, wie ich eben schreibe, fertig. Selbst wenn mir hier und da ein grober Ausdruck entschlüpft oder mein Gefühl für Maß und Sitte mich einmal im Stich lässt, streiche ich nichts, sondern lasse die unanständige Stelle stehen, sichtbar für alle, denn schließlich bin ich ein Schriftsteller und kann beschreiben, was ich will, auch wenn es Anstoß erregt. Schließlich gibt es solche Stellen auch bei Ihnen, werte

Leserinnen und Leser, und ich kann sogar sagen, wo. Es muss sie geben – jeder hat solche Stellen. Wenden Sie Ihren Blick nicht ab: Das ist die Natur, das ist das Leben, da tut es weh nach einer Operation.

Und noch eins: Selbst wenn ich nie etwas dergleichen geschrieben und folglich auch nichts verloren oder vernichtet habe, sondern all das hier zum ersten Mal aufschreibe, was ich bezweifle, kann ich immerhin eine Vermutung äußern: Wahrscheinlich kommt es mir deshalb so vor, als hätte ich etwas Ähnliches schon einmal geschrieben, weil ich diese Geschichte schon sehr lang mit mir herumtrage – so lang, dass es mir vorkommt, als hätte ich das alles schon einmal geschrieben.

Allerdings kommt diese Sache – also nicht das mit der Operation, aber die Dreiecksgeschichte, denn mit der hat alles angefangen und aufgehört – auch schon bei dem alten Prosper Mérimée vor: Irgendein Marquis Soundso, mir fällt sein Name gerade nicht ein, ist bis über beide Ohren in seine Gattin verliebt, die aber, man stelle sich vor, entbrennt in Leidenschaft zu einem Kavalleristen mit Rassehengst. Ein triviales Sujet, aber farbig ausgemalt von dem Franzosen, mit meisterhaft gezeichneten Figuren, das muss man ihm lassen, diesem Mérimée.

Für das Kino gibt es eine meiner Meinung nach recht gelungene Bearbeitung desselben Themas von dem Engländer Alfred Hitchcock. In einem seiner Filme, der Titel ist mir entfallen, verdreht Ingrid Bergman einem willensschwachen Nazi den Kopf und heiratet ihn anschließend, während Cary Grant in der Rolle des amerikanischen Agenten die ganze Operation steuert. Natürlich kann auch Grant letzten Endes den Reizen der

Bergman nicht widerstehen, sodass sich schließlich eine einigermaßen heikle Situation ergibt, vor allem als sich herausstellt, dass der Nazi unter den Weinflaschen in seinem Keller nicht irgendetwas, sondern glatterdings Uran lagert.

Das klassische Dreieck ist also nicht meine Erfindung, dafür trage ich keine Verantwortung. Was P. L. betrifft, den Helden meiner Erzählung, so hat er schon recht früh Bekanntschaft mit dieser geometrischen Figur geschlossen und stand später auch selbst sozusagen an einer ihrer Spitzen. Bevor er nämlich nach New York kam, wohnte P. L. in Odessa, in der Karl-Liebknecht-Straße, und traf sich dort regelmäßig mit einem netten Mädchen aus anständigem Haus. Ihre Familien waren befreundet. Mehr noch, der Vater des Mädchens war ganz hingerissen von P. L.s Mutter. Und auch sie liebte ihn sehr. Einmal frühstückten die beiden zusammen und legten sich anschließend, ebenfalls zusammen, unter den Tisch. Das war so gegen zwölf. Plötzlich waren Schritte im Flur zu hören. P. L.s Mutter kam geschwind unter dem Tisch hervor und brachte ihre Frisur in Ordnung, der Vater des Mädchens begab sich eilig ins Badezimmer, um sich frisch zu machen. Da trat P. L.s Vater ins Zimmer. Sein Vorgesetzter war gestorben, deshalb hatten sie im Büro an diesem Tag früher Schluss gemacht. Er sah seine Frau misstrauisch an, atmete ein paarmal geräuschvoll durch die Nase ein und ging schnurstracks ins Badezimmer. Was dann kam, du lieber Himmel! Von wegen Mérimée, die Miliz mussten die Nachbarn holen …

Muss ich extra erklären, dass P. L.s Mutter sich nach dieser Geschichte von ihrem Mann trennte und der Vater des Mädchens sich von seiner Frau, während P. L. selbst seine Beziehung mit dem Mädchen beendete? Wohl nicht.

Ein Jahr nach diesem Vorfall landete P. L. in New York. Ach, ihr Vereinigten Staaten, Heimat der Kartoffel! Was gibt es hier nicht alles für Konserven in den Läden, du meine Güte! Und was für Autos! Den Ford LTD, den Buick LeSabre, den Ford Mustang ... Nein, man kann sie nicht alle aufzählen, das ist Unfug.

P. L. und ich haben uns im Queens College kennen gelernt, wo wir in jenem Frühjahr beide eine Vorlesung in Kunstgeschichte besuchten. Wir waren gleichaltrig, kamen aus derselben Stadt und fühlten uns im selben Maß verwirrt, um nicht zu sagen verloren in dem neuen Land, fern von unseren alten Bekannten. Ziemlich schnell freundeten wir uns deshalb an und klammerten uns aneinander wie zwei Ertrinkende, von denen jeder glaubt, der andere sei der bessere Schwimmer. Geradezu unzertrennlich waren wir: Wir lernten zusammen für die Klausuren, liefen abends zusammen zum Times Square, um unsere jugendliche Neugier in den kleinen Kinos auf der 42. Straße zu befriedigen, und gingen in den Vorlesungspausen zusammen essen.

Eines Tages, wir saßen gerade in der Cafeteria und waren dabei, unsere Schinken-Käse-Sandwiches zu verdrücken, entschloss sich P. L. plötzlich, mir sein Herz auszuschütten.

»Du wirst wahrscheinlich sagen, ich hätte abwarten sollen«, fing er an. »Du bist ja vorsichtiger als ich. Wahrscheinlich hättest du an meiner Stelle erst einmal abgewartet, aber ich hab's nicht. Mir war noch nie so ganz klar, wann es besser ist, noch ein bisschen Rilke zu zitieren, und ab wann man so was flüstern kann wie: ›Du kannst deinen BH ruhig ausziehen, Kleines, ich beiße nicht.‹ Diesmal habe ich also nicht gewartet, sondern habe es gesagt. Nein, nicht ›Was machen Sie heute Abend?‹, das wäre ja noch in Ordnung gewesen …

Also, sie war Ärztin und trug Wollsocken mit Löchern. Das habe ich später herausgefunden. Lange Beine, blaue Augen, Chirurgin. Ich lag vor ihr wie auf dem Präsentierteller, sie war so gut wie fertig damit, mich zusammenzuflicken. Ich war zwar nur örtlich betäubt, aber mein Kopf dröhnte wie bei einer Vollnarkose. Zwei Wochen später, als ich Rilke zitierend in ihrer Wohnung saß, Amsterdam Avenue, Ecke 78., erzählte sie mir, sie hätte im Operationssaal geglaubt, ich würde ihr zuzwinkern. Ich habe dauernd irgendwelchen Ärger wegen dieses nervösen Zuckens. Ihr stand der Mundschutz sehr gut und mir die Sauerstoffmaske. Die Beschneidung fiel zu meiner Zufriedenheit aus, nur das Wasserlassen war am Anfang schwierig. Die Beschneidung. Interessantes Wort, nicht? Sie sah aus wie die Onassis. Nein, nicht wie Jackie. Wie die Mutter des Millionärs. Keine Schönheit im Grunde, aber unheimlich rassig. Auch als die Betäubung nachließ, tat es mir nicht Leid, was ich gesagt hatte. Ich hatte nämlich gesagt – aber nein, warte. Zuerst die Vorgeschichte.

Dass ich abends als Taxifahrer schufte, weißt du ja. Und meine Fingernägel sind zwar vielleicht nicht immer ganz sauber, aber mein Pferdchen striegle ich nach jeder Schicht tüchtig mit dem Staubsauger. Mein Partner ist auch ein ordentlicher Bursche. Unter den Indern gibt es manchmal sehr reinliche Leute. Ich nenne ihn Joe, so heißt er zwar nicht, aber sein richtiger Name ist unaussprechlich, ich hab's versucht: Rachtanachbapal Singh oder so ähnlich, also ich kann das nicht aussprechen, nichts zu machen. Deshalb nenne ich ihn Joe. Er nimmt es mir nicht übel, und ich nehme es ihm auch nicht übel, denn er nennt mich ja auch nicht bei meinem richtigen Namen, Pawel, sondern auch Joe, weil ihm das leichter fällt. Kurz, Joe und ich teilen uns also ein Taxi, er fährt am Tag, ich nachts, und gehören tut das Taxi einem Israeli namens Yehuda Shlomo – den Nachnamen habe ich vergessen, irgendwas wie Benvnir, aber das ist es nicht. Ich komme jetzt nicht drauf. Mein Inder und ich haben uns angewöhnt, ihn auch Joe zu nennen, allerdings nur wenn er nicht dabei ist – er ist sehr jähzornig. Wozu sollen wir uns mehr anstrengen als nötig, Joe und ich?

Aber jetzt zu der Geschichte mit meiner Beschneidung. Es war Joe, der mich dazu angestiftet hat, nicht der indische Joe natürlich, sondern der israelische, und eigentlich war es gar nicht so sehr er, sondern mehr noch eine Freundin aus Charkow, die schon seit zwei Jahren hier ist. Joe, der Israeli, fiel mir schon lang damit auf den Wecker, was ich denn überhaupt für ein Jude bin – weder gehe ich in die Synagoge, noch bin ich für Israel, noch besonders gläubig und so weiter. Außerdem hatte ich letzten Sommer was mit dieser Frau aus Charkow, einer Religiösen. Irgendwann an einem Samstag, bei einer Geburtstagsparty, hatte die also grade mein Glied in den Mund genommen, da wurde sie auf einmal misstrauisch: ›Sag mal, Pawel, bist du etwa nicht beschnitten?‹ ›Wie komme ich denn dazu?‹, sagte ich achselzuckend und hielt ihr mein Organ wieder hin. Sie wurde bockig, zog ihre Unterhose wieder an und sagte energisch: ›Pawel, wir sind Juden. Mit Vorhäuten haben wir nichts am Hut.‹ Ich wurde sauer: ›Musst du blöde Schnalle mir deshalb mittendrin den Saft abdrehen?‹ – ›Schnauze, Pascha‹, unterbrach sie mich. ›Wenn du beschnitten bist, ruf wieder an, aber bis dahin kannst du dir selber einen ablutschen …‹

An dieser Stelle schauten ein paar Geburtstagsgäste ins Zimmer herein, und ich fühlte mich genötigt, unser Gespräch abzubrechen.

Am nächsten Tag fragte ich Joe, den Israeli, wo man sich hier preiswert beschneiden lassen kann. ›Na endlich!‹, rief er strahlend und fiel mir um den Hals, und dann sagte er noch etwas auf Hebräisch. Wie ich erfuhr, wurden Beschneidungen an bestimmten Orten sogar umsonst gemacht. Er gab mir die Telefonnummer einer Klinik, und ich vereinbarte einen Termin, ich glaube, an einem Donnerstag. Joe, der Inder, bot an, mich hinzubringen. Ich wollte ihm den Verdienstausfall bezahlen, aber er wehrte ab und versprach sogar, mich nach der Operation wieder abzuholen. ›Wer hundert Freunde hat, braucht keine hundert Rubel‹, sagte ich, erst auf Russisch, dann in freier englischer Übersetzung, und er nickte lebhaft. Wie sich herausstellte, gab es auf Hindi eine ähnliche Redensart.

Am Donnerstag Früh fuhren wir nach Bensonhurst, stellten unsere Kutsche auf dem Parkplatz der Klinik ab, nahmen den Zähler mit und gingen zu einem grauen, vierstöckigen Gebäude.

›Was führt Sie zu uns?‹, fragten sie mich an der Anmeldung.

›Die Vorhaut‹, sagte ich und fing an, den Fragebogen auszufüllen.

Im Wartezimmer saßen sechs Leute: ein ungefähr achtjähriger kleiner Junge mit verheulten Augen, seine Eltern, die gereizt über irgendetwas debattierten, ein alter Herr, der eine Fliege und schneeweiße Turnschuhe ohne Socken trug, ein schmuddeliger, dicker Jüngling mit einem frühen Pynchon-Buch in der Hand und noch ein anderer Patient. Joe, der Inder, blieb anstandshalber fünf Minuten neben mir sitzen und zog sich dann zurück, wobei er mir viel Glück wünschte und mir riet, aufzupassen, dass sie mir nicht zu viel wegschnitten.

›Was gibt's da schon groß zu schneiden?‹, antwortete ich matt. Allmählich fing die bevorstehende Operation an, mich nervös zu machen. Trotzdem verging die gute Stunde, bis ich an die Reihe kam, fast ohne dass ich es merkte. Ich war völlig vertieft in eine Unterhaltung mit dem alten Herrn in Turnschuhen. Wie sich herausstellte, war er ein Straßen-Zauberkünstler mit fünfundvierzig Jahren Berufserfahrung, und solche Tricks, wie er sie uns in diesem Wartezimmer vorgeführt hat, habe ich noch in keinem Zirkus gesehen. Angefangen hat er mit den üblichen verschwindenden und von irgendwoher wieder auftauchenden Seidentüchern, die mal zusammengeknotet sind und mal lose, und zum Schluss ließ er die Eltern des kleinen Jungen drei Tücher zu einem Knoten zusammenbinden, stopfte ihn sich in den Mund, forderte dann den Jungen mit Gesten auf, ihm den Hosenstall aufzuknöpfen, und als der sich schließlich verlegen dazu bereit erklärte, holte der Alte vorsichtig eine graue Taube aus seiner Hose hervor. Das verschreckte Vieh drehte zwei, drei Kreise an der Decke des Wartezimmers, ließ zum Missfallen des Jünglings ein paar Tropfen auf den frühen

Pynchon fallen und setzte sich schließlich auf die Schulter des Zauberkünstlers, der natürlich längst keine Tücher mehr im Mund hatte. Das ganze Wartezimmer applaudierte dem alten Herrn, er verbeugte sich ein paar Mal, knöpfte dann seine Hose zu, setzte sich wieder hin und verwickelte mich in ein ausführliches Gespräch über das Gesetz von der Erhaltung der Materie. Der Zauberer hielt davon nicht viel, wie sich zeigte. Ich versuchte erst, höflich zu widersprechen, dann geriet ich allmählich etwas in Rage und berief mich versuchsweise sogar auf meinen Stiefvater, der früher einmal an einer Oberschule Physik unterrichtet hatte – meine Mutter hatte ihn kurz vor unserer Ausreise geheiratet. ›Und was macht er jetzt beruflich, dein Stiefvater?‹, wollte der alte Herr wissen. ›Er hat sich selbstständig gemacht‹, sagte ich. – ›Darf man auch fragen, in welcher Branche?‹ – ›Klar darf man. Er verkauft Würstchen auf der Lexington Avenue, Ecke 41. Straße‹ – ›Keine weiteren Fragen‹, sagte er und lächelte selbstzufrieden. Ich wollte eben fragen, wie er das meinte und was das mit der Erhaltung der Materie zu tun hat, aber in diesem Moment ging die Tür auf, und ich wurde in den Operationssaal gerufen.

Ich erspare dir eine detaillierte Beschreibung der Operation und will dir auch nicht den schockierenden Anblick meines blutüberströmten Geschlechtsorgans schildern oder die, ich möchte fast sagen, masochistische Neugier, mit der ich die präzisen Handgriffe der Chirurgin beobachtete. Lieber komme ich gleich zu den Worten, die meinen ausgedörrten Lippen entschlüpften und die die junge Ärztin so tief beeindruckten: ›Verzeihen Sie‹, sagte ich, ›ich weiß, dass meine Bitte Ihnen möglicherweise etwas sonderbar vorkommen wird, aber könnten Sie mir vielleicht nach der Operation, das heißt im Fall ihres günstigen Ausgangs, zum Andenken meine Vorhaut zurückgeben?‹ Liza, so hieß die Chirurgin, ließ beinahe das Skalpell fallen. Sie riss ihre blauen Augen auf. ›Sie haben richtig gehört‹, fuhr ich fort, ›ich hätte wirklich gern wenigstens irgendein Andenken an unsere Begegnung.‹ Sie sagte nichts, ich weiß nicht einmal, ob sie lächelte – der Mundschutz verdeckte den unteren Teil ihres Gesichts.

Die Operation ging zu Ende. Lizas Assistent gab mir ein halbes Glas Rotwein zu trinken, sagte irgendwas auf Jiddisch und klopfte mir auf die Schulter.

Etwa zwei Stunden lang erholte ich mich in einem Krankenzimmer, während der kleine Junge, der dem Zauberkünstler assistiert hatte, nebenan schrie und weinte – er war vor mir operiert worden. Als die Betäubung nachließ, bekam ich solche Schmerzen, dass ich meines Lebens nicht mehr froh war, und schon gar nicht froh war ich darüber, dass ich in dieses Land gekommen war, dass man mich nicht wie alle ordentlichen Juden an meinem siebten Lebenstag beschnitten hatte, dass meine Freundin aus Charkow an allem etwas zu meckern fand usw. usw. Noch eine halbe Stunde später schaute Joe, der Inder, ins Zimmer herein. Er half mir, vom Bett aufzustehen, mich anzuziehen, und führte mich, auf seinen Arm gestützt, langsam zum Ausgang, wobei er mir gut zuredete: ›So ist es gut, Joe, nur noch ein kleines Stück, Joe, gleich haben wir's geschafft, Joe …‹ Am Empfang wartete eine hübsche schwarze Krankenschwester mit einem kleinen Einmachglas in der Hand auf mich. In dem Glas sah ich meine ehemalige Vorhaut in einer trüben Lösung herumschwimmen. Sie sah aus wie Seetang oder wie irgendein seltsames Meeresgetier. Ich bedankte mich bei der Schwester.

Zu meiner Erleichterung wartete das Taxi direkt vor dem Ausgang der Klinik auf mich. Am Steuer saß Joe, der Israeli. Sobald er den indischen Joe und mich entdeckt hatte, sprang er aus dem Auto und half mir, auf den Rücksitz zu klettern.

Auf dem Heimweg nach Queens starrte ich wie gebannt auf den Inhalt des Glases. Es kam mir jetzt vor, als sei meine Vorhaut das geschrumpfte Gehirn eines Abgesandten einer außerirdischen Zivilisation, und dieses Gehirn, so schien es, wollte mir etwas ganz Wesentliches mitteilen. Ich erinnere mich, dass ich das Glas in der Hoffnung auf irgendwelche wichtigen Informationen sogar an mein Ohr presste, doch die Vorhaut blieb leider stumm.

Erst als wir in den Kissen Boulevard einbogen, fiel mein Blick auf den Deckel des Glases. Darauf stand, eilig hingekritzelt: ›So einen Schwachkopf wie dich habe ich noch nie operiert. Ruf an, wenn es dir besser geht.‹ Darunter eine private Telefonnummer und die Unterschrift: Dr. Liza Lewis.

Was soll ich dir sagen? Vier Tage später habe ich den Verband abgenommen, noch zwei Tage später saß ich wieder am Steuer, und am Samstag darauf habe ich mir ein Herz gefasst und Liza angerufen. Sie freute sich über meinen Anruf, und wir verabredeten uns zum Essen in einem japanischen Restaurant auf der 46. Straße.

Wie sich zeigte, war sie ein ausgesprochen liebenswerter Mensch, taktvoll, gebildet, eine Lyrik-Liebhaberin, besonders Rilke mochte sie. Meine Bitte während der Operation war ihr so idiotisch vorgekommen, dass sie fünf Minuten gebraucht hatte, um sich wieder unter Kontrolle zu bekommen, vor unterdrücktem Lachen hatten ihr im unpassendsten Moment die Hände gezittert. Du kannst dir denken, was das für mich hätte bedeuten können ... Wir fingen an, uns regelmäßig zu treffen. Meine Freundin aus Charkow rief ich nicht an, aber gegen Ende des Sommers meldete sie sich von sich aus und wollte wissen, wo ich die ganze Zeit gesteckt hatte. Ich sagte, ich würde viel arbeiten, dazu käme noch das College, und ich hätte furchtbar wenig Zeit, aber sie wollte nichts davon hören. Sie lud sich selbst zu mir ein und packte, kaum war sie da, den Stier bei den Hörnern: ›Hast du dich beschneiden lassen?‹. Ich versuchte zu leugnen, aber aus irgendeinem Grund glaubte sie mir nicht und verlangte Beweise. Widerwillig gab ich nach. Als sie sah, dass ich gelogen hatte, regte sie sich schrecklich auf, haute mit der Faust auf den Tisch und verlangte den Namen ihrer Rivalin. Ich sagte, es gäbe keine Rivalin, seit meiner Operation würde ich Gesellschaft meiden, speziell weibliche Gesellschaft, und speziell die von Frauen, die zu Besuch kommen und anfangen, mit Fäusten auf die Möbel einzuschlagen, und überhaupt müsste ich heute Nacht arbeiten und bräuchte jetzt Ruhe. ›Ich verstehe‹, sagte sie und sah sich um, dann stand sie unvermittelt auf und fing an, in meinem Zimmer hin und her zu laufen, als würde sie etwas suchen. Dabei fiel ihr Blick auf das Glas mit meiner Vorhaut, das ich unvorsichtigerweise neben einer böhmischen Kristallvase auf dem Klavier hatte stehen lassen. Sie griff nach dem Glas, sah die Notiz, die Liza am Tag der Operation darauf geschrieben hatte, und brach in lautes, theatralisches Gelächter aus. Ich bat sie, das Glas zurückzustellen und mich mit diesem Spektakel zu verschonen, doch sie streckte mir nur die Zunge heraus, drehte mir dann, als hätte das noch nicht gereicht, eine lange Nase und lief türenschlagend aus der Wohnung.

Wie die Geschichte weiterging? Etwa eine Woche später kam Liza bei mir vorbei und berichtete, dass seit drei Tagen dauernd ein Mann bei ihr anrief, der ihr in gebrochenem Englisch drohte, sich bei der Klinik zu beschweren und ihr unprofessionelles Verhalten, die Verletzung ethischer Normen und dergleichen mehr vorwarf. Ich riet Liza, die Anrufe einfach zu ignorieren, und sagte, ich hätte eine Ahnung, wer hinter all dem steckte.

›Was heißt hier einfach ignorieren?‹, fragte Liza. ›Er ruft immer erst nach Mitternacht an. Und Ärger bei der Arbeit kann ich auch nicht gebrauchen. Dieser Unfug muss aufhören!‹ An dieser Stelle erhob sie zum ersten Mal, seit wir uns kannten, die Stimme, und mir wurde klar, dass die sonst so beherrschte und ausgeglichene Liza diesmal wirklich entnervt war.

Gleich am nächsten Tag war ich in der Bronx bei meiner ehemaligen Charkower Freundin und sagte ihr, sie solle mit ihren Nachstellungen aufhören und nicht irgendwelche Typen dazu aufhetzen, nachts anständige Leute zu belästigen, sie solle meine Vorhaut zurückgeben und überhaupt aufhören, sich so albern aufzuführen. Darauf wurde sie erst grob, brach aber gleich danach in Tränen aus. Ich versuchte sie zu trösten und klopfte ihr auf die Schulter, sie weinte noch mehr.

›Mein Gott, was hast du bloß an mir gefressen, bin ich etwa so viel Unglück wert? Schau mich doch an, die reinste Vogelscheuche ...‹ Überraschenderweise verfehlte dieses letzte Argument seine Wirkung auf das Mädchen nicht. Sie schaute mich aus verheulten Augen an, schluchzte noch einmal, schnäuzte sich dann in ein Papiertaschentuch und sagte schließlich: ›Stimmt, du hast Recht. Einen Scheißdreck bist du wert! Deinen Hautfetzen kannst du mitnehmen, er steht im Kühlschrank – und dann hau ab zu deiner amerikanischen Schlampe ...‹«.

Hier brach P. L. seine Erzählung ab, da wir zu unserer Vorlesung über die Geschichte der Kunst im 20. Jahrhundert ohnehin schon etwas zu spät kamen. Wir betraten den Hörsaal auf Zehenspitzen und entschuldigten uns, doch der Dozent bemerkte uns gar nicht, so vertieft war er in seinen Vortrag über Marcel Duchamp und seinen berühmten »Springbrunnen«, der beim Pariser Publikum solche Furore gemacht hatte.

Und wie ist die Geschichte ausgegangen? Mein Freund P. L. heiratete Liza, und bald darauf zogen sie nach Connecticut in ein Haus, das ihrem Großvater gehörte. P. L. promovierte und hat seit kurzem eine Stelle an der angesehenen Columbia University, wo er derzeit ein Seminar über *Die Negation der Autonomie der Kunst und die Postulate der Trans-Postmoderne* hält. Joe, der Inder, wurde vor drei Jahren, wie so viele vor ihm schon, ein Opfer seines gefährlichen Berufs: Er wurde bei einem nächtlichen Raubüberfall aus nächster Nähe erschossen, am Steuer seines Taxis, das er kurz vorher dem israelischen Joe abgekauft hatte. Der Israeli seinerseits hat einen kleinen Delikatessenladen in SoHo gekauft und ist so weit ganz zufrieden mit dem Geschäft. Die junge Frau aus Charkow hat einen Programmierkurs absolviert und ist jetzt Abteilungsleiterin in einer New Yorker Bank, und ich schiebe meinen Besuch bei P. L. und Liza – warum, weiß ich selbst nicht – nun schon das dritte Jahr vor mir her, obwohl sie mich immer wieder einladen. Herrgott, wann endlich werden die Wunden verheilen, die die Trennung von jener vierundzwanzigjährigen Person mit Muttermal am Hals bei mir zurückgelassen hat? Wann endlich werde ich nicht nur das häusliche Glück der anderen gelassen und wohlwollend betrachten, sondern auch anfangen, an mein eigenes Glück zu denken? Ob im Dreieck, im Parallelogramm oder im Quadrat, ganz egal, ich will nur zu irgendeiner Figur gehören! Ich halte das nicht mehr aus, so als einsame Senkrechte herumzustehen, ohne zu wissen, worauf und wozu, zum Teufel, und vor allem ohne zu wissen, zu welcher Ebene ich gehöre und welche Ebene ich schneide? An welchem Punkt? Wo ist er denn, dieser Punkt? Wo denn?

VERLORENE WETTE

Endlich ertönte der Schuss. Colin hatte sich erschossen. Alle atmeten erleichtert auf. Die Party ging weiter. Als Nächstes tranken wir auf das neue Jahr. Greg, der Blonde aus Kalifornien, ging allmählich allen auf die Nerven mit seiner Videokamera. Er war für fünf Tage nach New York gekommen, und als ihm jemand sagte, Colin habe um zehntausend Dollar mit mir gewettet, dass er sich an Silvester erschießen würde, beschloss Greg, der zu Silvester eigentlich bei seinen Verwandten in Bay Ridge eingeladen war, diese Einladung auszuschlagen, und kam stattdessen zu Staceys und meinem Fest. Die zehntausend Dollar sollte ich, falls ich verlieren würde, Colins Schwester Una geben. Una war an Silvester bei Gregs Verwandten. Sie arbeitete in einer Damenboutique irgendwo in SoHo, in der Mercer Street, glaube ich. Von der Wette hatte sie nichts mitbekommen.

Von den Anwesenden wusste nur ich über die Wette Bescheid (Stacey hatte keine Ahnung), außerdem Roger und seine neue Frau aus Massachusetts, mein Neffe aus Queens – mein Bruder und meine Schwägerin hatten ihn in unserer Obhut gelassen und waren selbst nach Paris abgerauscht – und Greg natürlich, sonst niemand. In Paris war ich auch schon mal, vor sechs Jahren ungefähr, übrigens auch zu Silvester, deshalb hatte ich auf Bitten meines Bruders eine eindrucksvolle Liste für die beiden zusammengestellt, mit allem, was sie unbedingt sehen mussten, und zusätzlichen Ratschlägen, was man in Paris am besten macht, wenn es regnet oder schneit. Im Café sitzen natürlich, Leute anstarren. Was gibt es Besseres? Stacey ist da allerdings anderer Meinung: Für sie ist das Musée d'Orsay bei schlechtem Wetter der beste Platz auf der Welt. Aber sie hat überhaupt einen kleinen Tick, was das 19. Jahrhundert angeht: Wenn sie sich einen Delacroix oder Courbet ansehen kann, dann ist sie schon glücklich, mehr braucht sie nicht zum Leben.

Letztes Jahr hat Greg uns zu Silvester nach Kalifornien eingeladen, er macht gerade seinen Jura-Abschluss dort, und in seiner freien Zeit – obwohl, woher nimmt ein angehender Jurist eigentlich irgendwelche freie Zeit? – läuft er mit seiner halbprofessionellen Videokamera durch San Francisco und filmt, was ihm in die Quere kommt: mit Touristen voll gestopfte Cable Cars, Obdachlose auf der Market Street, die Lesbenparade, einen Jahrmarkt in Chinatown. Letztes Jahr hat er uns das alles am Abend vor Silvester vorgeführt, mit ausführlichen Kommentaren zum Film. Anfangs fand ich das interessant, dann langweilig, und dann wurde ich schläfrig. Stacey gab mir unauffällig einen Rippenstoß nach dem anderen und fragte laut: »Und wie oft finden diese Paraden bei euch statt?«, oder sie kommentierte: »Eure Obdachlosen sehen viel lebenslustiger aus als unsere in New York. Habe ich Recht?« Hinterher wurde mir klar, warum sie ihre Fragen so laut gestellt hatte – sie befürchtete, ich könnte einschlafen und Greg damit kränken. Meine Stacey ist ein sehr rücksichtsvoller Mensch.

Silvester selbst feierten wir dann bei Gregs Künstlerfreunden in Monterey. Das Fest hatte unübersehbar eine Tendenz zum Konzeptuellen. Anstatt eines Weihnachtsbaums stand ein Baumstamm mit zwei Zweigen in einer Ecke des Schlafzimmers. An dem einen Zweig hing eine grüne Kugel, am anderen eine rote. Wir kifften alle reichlich und tanzten zu REM, Run DMC und LL Cool J. Auf dem Höhepunkt der Tanzerei krachte Stacey plötzlich auf die Knie und rief: »Machen Sie sofort die Kreuzung frei! Ja, Sie sind gemeint!« Sie fand nämlich auf einmal, dass der Weihnachtsbaum wie eine Ampel aussah, nur ohne Gelb. Nach Mitternacht kamen die Nachbarn der Künstler zu unserem Fest dazu. Sie trugen schwarzes Leder, und aus ihren hinteren Hosentaschen blitzten Handschellen hervor. Sie waren nur zu dritt, aber irgendwie schafften sie es, das ganze Haus auszufüllen. Ich weiß noch, dass ich später, ganz zum Schluss, irgendwem eins auf die Schnauze gegeben habe und deshalb auf dem Rückweg Gregs zerbeulten Chevrolet mit einer Hand lenken musste – um die andere hatte ich einen Eisverband. Greg war sehr gesprächig (Kokain, und ich glaube, auch Ecstasy), Stacey schnaufte friedlich auf dem Rücksitz.

»Vergiss nicht, dass du bekifft bist, Al«, gab Greg überflüssige Ratschläge. »Fahr nicht zu schnell, aber auch nicht zu langsam. Und vor allen Dingen meide die Polizei.«

»Meinst du wirklich? Warum das denn?«

»Das ist nicht der Moment für Witze, Al. Hör lieber zu, was ich dir sage: Fang bloß keine Diskussion an, wenn sie uns anhalten. Erinnere dich an den letzten Sitzenbleiber an deiner Schule, der wegen Rowdytum rausgeflogen ist. Das sind die Jungs, die später zur Polizei gehen. Glaub mir. Ich kenne diese Brüder.«

Zu so einer Begleitmusik nachts um drei in bekifftem Zustand auf unbekannten Straßen mit nur einer Hand ein Auto zu fahren, ist sehr schwer. Zwei Hände wären unter denselben Umständen schon eine deutliche Erleichterung gewesen.

»Warum bloß habe ich einem dieser Gäste in Leder eins auf die Schnauze gegeben?«, versuchte ich mich am nächsten Morgen zu erinnern, während meine Gattin geräuschvoll atmete, und schließlich fiel es mir wieder ein. Ich hatte irgendwie den Eindruck gehabt, dass er mit meiner Stacey flirtete.

»Stacey interessiert den überhaupt nicht«, beruhigte Greg mich beim Frühstück, »der ist schon seit einem Jahr mit diesem Jüngling verheiratet, der mit ihm da war. Meine Güte, Al, deine Eifersucht bringt dich noch um eines Tages. Ganz im Ernst, du wirst noch an meine Worte denken. Willst du Kaffee oder Tee?«

Greg war schon drei Jahre mit Colins Schwester Una zusammen. Von Zeit zu Zeit rief er aus San Francisco bei mir in New York an und erkundigte sich, wie es ihr denn so gehe. »Komm her und überzeug dich selbst«, witzelte ich erst, aber das nahm er übel, also wechselte ich den Tonfall:

»Ganz gut anscheinend, sie arbeitet, ihre Tochter geht jetzt zur Schule«, sagte ich, obwohl ich Una, wenn es hochkam, einmal im Monat sah und überzeugt war, dass Greg von diesen »Neuigkeiten« sicher auch ohne mich wusste.

Wie halten die Leute bloß diese Fernbeziehungen aus? Okay, ein-, zweimal im Jahr fährt sie zu ihm, zwei-, dreimal kommt er zu ihr, und das war's? Soviel ich weiß, hatte sie nicht vor, nach Kalifornien umzuziehen. Für ihn war ein Umzug nach New York vor seinem Studienabschluss genauso ausgeschlossen. Und wenn er keine Arbeit in New York fand? Allerdings, das Zusammenleben besteht aus lauter Kompromissen, das ist mir inzwischen schon klar. Stacey und ich haben uns einigermaßen zusammengerauft, wahrscheinlich haben wir gelernt, uns gegenseitig zu verstehen. Zum Beispiel will ich fürs Erste lieber noch keine Kinder, und sie drängt mich auch nicht. Und sie lädt zum Beispiel schon das zweite Jahr hintereinander Colin aus Neuseeland zu uns ein – na gut, meinetwegen, Platz haben wir ja genug.

Als Stacey auf den Treppenabsatz hinausging, um weitere Gäste zu begrüßen, hatte Greg seine Videokamera mit Stativ eben fertig installiert. Er schloss zwei zusätzliche Lampen an, die eine klemmte er an eine Stuhllehne, die andere drückte er mir in die Hand, und bat mich, sie auf Colin zu richten. Dann schaltete er die Kamera ein und sagte, ohne irgendjemanden anzusehen: »So. Und jetzt?«

Colin lächelte verstört, ich versuchte, ruhig zu bleiben, obwohl ich die zehntausend Dollar, falls er verlieren würde, gut gebrauchen konnte. In meinem Kopf ging es schon durcheinander: eine vernünftige Stereoanlage? die Anzahlung für ein neues Auto? vielleicht ein Urlaub in Indonesien oder in Neuseeland, immerhin hat Colin uns auch eingeladen, und es muss ja nicht immer Paris sein?

Colin zog eine Pistole Kaliber .45 aus seinem Rucksack und entsicherte sie.

»Er meint es wirklich ernst«, dachte ich und schaute zu Greg, der sein Objektiv einstellte.

Colin steckte hastig den Pistolenlauf in den Mund und

drückte ab. Man hörte einen Schuss. Eine rote Brühe klatschte an die Wand, neben einer billigen Reproduktion von Renoirs *Badenden*, und rann sofort nach unten. Colin brach auf dem Teppich zusammen.

»Auf dass alles Schlechte aus dem letzten Jahr mit dem letzten Jahr zu Ende gehen und das neue Jahr uns nur Freude bringen möge!« – ich glaube, es war Greg, der das sagte, mit betont munterer Stimme.

Wo ich jetzt die zehntausend Dollar für Una hernehmen soll, daran mag ich gar nicht denken.

TANKSTELLE IN MIAMI EXPLODIERT

Diese Geschichte handelt von meiner Mitschülerin Olja Rybakowa, die wir alle heftig beneideten, als wir erfuhren, dass sie einen Job bei Delta Airlines gefunden hatte. Jetzt hingegen – da werden Sie mir hoffentlich zustimmen – ist Olja nicht mehr zu beneiden.

Eine Frau, hübsch anzusehen, von Beruf Soziologin, bekam einen Sohn. Bei der Geburt wog der Junge 3400 Gramm. Er wurde Travis genannt. Auf dem Namen bestand sein Vater, dessen Lieblingsfilme bis heute *Taxi Driver* und *Paris, Texas* sind. Ich habe diese Filme selbst nicht gesehen, aber ich weiß, dass die Hauptfiguren darin Travis heißen. Den einen spielt de Niro, den anderen der Schauspieler Harry Dean Stanton.

Dieser Junge nun kommt mit gerade sechzehn Jahren zufällig nach Moskau. Winter, eisige Kälte, man weiß nicht genau, wer an der Macht ist, festzustellen ist aber eine Verlangsamung des wirtschaftlichen Niedergangs, und an jeder Ecke gibt es eine Pizza-Hut-Filiale. Travis fängt die neugierigen Blicke der kecken Moskauerinnen auf, viele würden gern mit ihm Freundschaft schließen, aber seine mangelnden Sprachkenntnisse erlauben Travis nicht, mit ihnen Kontakt aufzunehmen, und so besichtigt er das Nowodewitschi-Kloster und den angrenzenden Friedhof in Begleitung der Stewardess Olja Rybakowa, die ganz gut Englisch spricht. Olja und Travis sind sich an

Bord der Boeing 747 der Delta Airlines auf dem Flug von Miami nach Moskau näher gekommen, als die Stewardess den hoch gewachsenen jungen Mann fünfunddreißig Minuten vor der Landung in Scheremetjewo in die Toilette bat und ihm dort, um seine Sympathie zu gewinnen, die Funktionsweise eines bestimmten Wasserhahns demonstrierte. Travis war begeistert. Sie verabredeten ein zweites Treffen.

Auf dem Nowodewitschje-Friedhof zeigte das Mädchen Travis die Gräber von Tschechow, Gogol und Utjossow. Von Utjossow hatte Travis noch nie gehört. Von Tschechow und Gogol allerdings auch nicht. Doch davon ließ sich unsere Stewardess nicht beirren. Sie passte einen günstigen Moment ab, zog rasch ihre Jeans und ihr Höschen herunter und schlug ihren Lammfellmantel hoch, dann drehte sie Travis den Rücken zu, hielt sich mit beiden Händen an einer Grabeinfassung fest und fing an, den Marsch aus dem Utjossow-Film *Lustige Burschen* zu pfeifen. Travis schaute sich ängstlich um, aber als er sah, dass der Friedhof menschenleer war, knöpfte er seine Hose auf und gesellte sich zu dem Lausemädchen.

In Moskau besichtigten sie noch viele andere Sehenswürdigkeiten, sie besuchten Lenins Grab und gingen ins Bolschoi-Theater. Im Bolschoi fing Olja während des zweiten Akts des *Nussknackers* an, mit dem Opernglas-Etui ganz schnell … aber das will ich lieber nicht erzählen, schließlich könnte meine Geschichte auch Minderjährigen in die Hände fallen.

Kurz gesagt, Olja gefiel Travis so gut, dass er sie einlud, ihn in Miami zu besuchen, wo er gerade seinen Schulabschluss machte und abends in einem Tankstellenshop etwas Geld dazuverdiente. Das Mädchen nahm die Einladung an und brach schon zwei Monate später nach Miami auf, um Travis zu besuchen, diesmal nicht als Stewardess, sondern als waschechte Touristin. Im Gepäck hatte sie die CD *Der unbekannte Utjossow*, als Mitbringsel für Travis.

Doch es geschah etwas Verheerendes: Ihr Flugzeug geriet während des Landeanflugs plötzlich außer Kontrolle und raste in genau die Tankstelle hinein, in der Travis arbeitete. Eine ohrenbetäubende Explosion folgte. Der Brand an der Tankstelle wütete etwa vierundzwanzig Stunden lang. Es war noch ein Glück, dass Travis – ein leidenschaftlicher Basketballspieler – an diesem Tag nach dem Unterricht noch in der Schule geblieben war, sonst wäre auch er umgekommen, zusammen mit Olja und den sechsundneunzig anderen Opfern dieser Katastrophe, davon dreiundachtzig Passagiere der Boeing, sieben Mitglieder der Crew des Flugzeugs, darunter der Pilot, und vier Angestellte der Texaco-Tankstelle. Zwei Leichen konnten bis heute nicht geborgen werden.

BESUCH BEI EINEM ALTEN FREUND

Zwei unterhielten sich. Der eine trug einen soliden Anzug, der andere T-Shirt und Basketballschuhe, man sah sofort: Der hält sich mit Händen und Füßen an seiner schwindenden Jugend fest, er schnauft vor Anstrengung, aber er hält sich fest und lässt so schnell nicht los, der sture Kerl. Der Zufall hatte sie zusammengeführt. Vor ungefähr fünfzehn Jahren waren sie befreundet gewesen. Sie waren beide Juden. Die Frau des Anzugträgers brachte das Essen, räumte den Tisch ab, lächelte und scherzte taktvoll, schuf eine gemütliche Atmosphäre und nahm dem Gespräch die Spitzen. Sie hieß Alina.

Der im Anzug holte weit aus:

»Ach ja, vorbei sind die Zeiten, und sie kehren nicht wieder, als wir beide manchmal nachts auf dem Boulevard herumgelaufen sind und geredet haben, bis zwei oder noch länger, von einem Denkmal zum anderen, vom Palast bis zur Brücke und wieder zurück zum Denkmal. Vorbei sind sie, und fertig, Schluss.«

Darauf der mit den Basketballschuhen:

»Und weshalb? Vielleicht weil die Stadt gefährlicher geworden ist, ja?«

»Nicht nur. Wir beide haben uns verändert, mein Freund. Ich weiß, es klingt banal, aber wir sind älter geworden. Ich habe Frau und Tochter – ein sehr intelligentes kleines Mädchen übrigens. Und du hast ein Joint Venture mit irgendwem, zwecks Ankauf von ukrainischem Rohöl. Das Öl wird im Ausland a) raffiniert und b) abgefüllt, ein Teil bleibt dort, der andere wird, fertig abgefüllt, wieder zu uns geliefert und weiter vertrieben. Das ist doch ungefähr das Schema, nach dem eure Geschäftsbeziehungen mit den westlichen Partnern laufen, stimmt's?« Der mit den Basketballschuhen nickte. »Kurz und gut, Saschalein, wir haben nicht mehr so viel freie Zeit.«

»Moment mal, mein lieber Igor«, unterbrach der mit den Basketballschuhen aufgeregt. »Mir scheint, du vereinfachst ein bisschen. Wir sind ja nicht nur so durch die Gegend gelaufen, weil uns nichts Besseres eingefallen ist, sondern das war ein Bedürfnis. Wir waren Freunde, mein lieber Igor, vielleicht erinnerst du dich. Wir haben über Sachen geredet, die für uns lebenswichtig waren. Über Bücher, Mädchen, Musik, künstlerisch wertvolle Filme. Wenn man dich reden hört, kriegt man den Eindruck, dass uns das alles nicht mehr so viel bedeutet wie früher.«

»Überhaupt nicht. Das will ich überhaupt nicht sagen. Ich lese immer noch viel, nur rede ich über die Bücher mit meiner Frau. In der Hinsicht habe ich Glück: Ich bin mit einem richtigen Bücherwurm verheiratet.«

»Wie bitte, wer ist hier ein Wurm?«, fragte Alina. »Ich soll ein Wurm sein? Das fehlt noch! Das wollen wir doch erst mal sehen, wer von uns beiden eher ein Wurm ist, du oder ich.«

»Alina-Mäuschen, nicht dazwischenplappern bitte, wenn die Dschigiten reden, ja?«, bat Igor und fuhr fort: »Und was die Mädchen angeht – wiederum vertreten durch meine Frau –, darüber rede ich entweder mit ihr selbst, oder – in einer Ehe kommen die seltsamsten Dinge vor, weißt du – ich beschwere mich bei meiner Tochter über sie. Meine Kleine ist ja schon ein großes Mädchen, sie versteht wirklich alles. In einem Monat wird sie zwölf.«

»Eine Waage?«

»Ja.«

»Ich bin auch Waage ...«

»Na siehst du ...«

»Und was ist mit der Musik?«

»Mit der Musik? Was soll mit der sein? Muss man über die denn unbedingt reden? Ich finde, Musik muss für sich sprechen. Weißt du noch, wie wir nie verstanden haben, was Led Zeppelin da eigentlich singen, und welche Angst wir hatten, enttäuscht zu sein, wenn wir es erst rauskriegen? Dass die Texte nicht so gut wären wie die Musik?«

»Oh ja. Und so war es dann ja auch.«

»Na, ich weiß nicht. Ich finde, die Texte und die Musik passen durchaus zusammen. Beides ist nicht gerade weltbewegend. Es waren ja auch dieselben zwanzigjährigen Jungs, die beides geschrieben haben. Sag doch selbst: You need cooling, baby, I ain't fooling – ist das so viel schlechter als tuDUM-tuDUM-tum-tapaTAM-tapaTAM-tapaTAM-tapaTAM, tuDUM-tuDUM-tum-tapaTAM-tapaTAM-tapaTAM?«

»Also da bin ich anderer Meinung. Wenn wir anfangen, alles so genau zu untersuchen, was uns irgendwann mal interessiert hat, alles, worauf wir abgefahren sind, dann bleibt am Ende nichts mehr übrig von unseren früheren Idolen.«

»Aber ist das nicht gerade der höchste Genuss: Idole

stürzen, alle Brücken hinter sich abbrechen und dann mit Volldampf weiter?«

»Na, ich weiß nicht, ich weiß nicht. Die Erde ist doch rund. Wenn du immer weiter so vorwärts rast und alle Brücken hinter dir abbrichst, kommst du früher oder später wieder am selben Ort an, und dann willst du wieder weiter, aber Pustekuchen, weiter geht es nicht: Alle Brücken sind ja abgebrochen.«

»Worauf willst du hinaus? Ich meine, einverstanden, das ist ein schönes Bild, aber was willst du damit sagen?«

»Ein Bücherwurm, aber versteht keine Metaphern«, sagte Alina und streckte ihrem Mann die Zunge heraus.

»Ich will sagen«, fuhr Sascha fort, »dass man meiner Ansicht nach vorsichtig sein sollte, wenn man alte Leidenschaften aus der Schublade hervorholt oder vom Hängeboden herunter, dass man sie, nachdem sie abgestaubt sind, im trüben Licht einer 40-Watt-Glühbirne betrachten sollte. Oder noch besser bei Kerzenschein.«

»Schon wieder eine Metapher«, unterbrach ihn Igor.

»Ja, genau, bei Kerzenschein. Sonst kann es passieren, dass du deine alten Idole zerstörst und dir keine neuen schaffst, du selber wirst dir auch nicht zum Idol, dafür bist du nicht narzisstisch genug, an Ihn zu glauben« – Sascha zeigte auf die Deckenlampe – »verbietet dir deine Erziehung – und dann ...«

Was »dann«, ließ er offen. Sie hatten sich eine Ewigkeit nicht gesehen. Der Zufall hatte sie zusammengeführt. Sie saßen da und unterhielten sich.

»Alina-Maus, sei so gut, ein bisschen Zitrone, ja?«, wandte Igor sich an seine Frau, wobei er eine leidende Miene aufsetzte und mit der einen Hand auf der Fläche der anderen ein paar schnelle, senkrechte Bewegungen ausführte. Schneide uns doch ein paar Scheibchen, hieß das.

Seine liebreizende Frau streckte ihm wieder die Zunge heraus und ging in die Küche.

»Erinnerst du dich noch an Alla Grigorjewna?«, fragte Sascha Igor.

»Und du?«, fragte Igor Sascha.

»Ich schon, aber du, erinnerst du dich an sie?«

»An Alla Grigorjewna? Und ob ich mich an Alla Grigorjewna erinnere!«

Er hatte sich sehr verändert in diesem einen Jahr. Urteilen Sie selbst: Wenn er es noch in der 5. Klasse fertig brachte, wegen einer Wette ein ziemlich großes Stück Radiergummi zu verschlucken, ohne nachzuspülen, fünfzig Kopeken zu gewinnen und anschließend mit der Diagnose »Magenvergiftung durch Büroartikel« ins Krankenhaus eingeliefert zu werden, so galt schon in der 6. Klasse gegen Ende des ersten Halbjahrs seine ungeteilte Aufmerksamkeit der Geschichtslehrerin Alla Grigorjewna Tugaja. Mit anderen Worten, innerhalb von nur einem Jahr traten an die Stelle seiner kindlichen Interessen (Radiergummis, alberne Wetten) auf einmal erwachsene (das andere Geschlecht in Person der Tugaja). Aber wie soll er diese Interessen bloß zum Ausdruck bringen? Ins Kino kann er die fünfunddreißigjährige allein erziehende Mutter Tugaja, die vor kurzem aus einem anderen Bezirk an ihre Schule versetzt worden ist, ja wohl nicht gut einladen?

Da greift er zu einer List. Während der Geschichtsstunde fällt ihm »zufällig« der Füllhalter auf den Boden (in der 6. Klasse durften sie erstmals Füllhalter benutzen und Uhren tragen), er krabbelt unter die Bank, um ihn aufzuheben, und genießt von da unten ungefähr drei Minuten lang den Anblick der Spitzenstrümpfe, die Alla Grigorjewnas schöne Beine umhüllen. Nachdem seine Neugier fürs Erste befriedigt ist, kommt er wieder unter der Bank hervor und versucht, sich auf die Schlacht an der Kalka zu konzentrieren. Aber von wegen Kalka! Genau zehn Minuten später lässt er wieder seinen Füller fallen und krabbelt wieder unter die Bank. Auf einmal sieht er, wie sich die Beine der Lehrerin gaaanz langsam öffnen. Er schluckt mühsam und kneift die Augen zu, weil er sein Glück nicht fassen kann, aber als er sie wieder aufmacht, stellt er fest, dass die Beine unter dem Tisch neben der Tafel verschwunden sind. Wo sind sie denn hin, die Beine? Jetzt versteh ich gar nichts mehr. Und da ertönt direkt über ihm Alla Grigorjewnas Diskant:

»So, jetzt habe ich aber endgültig genug! Komm sofort da raus!«

»Mein Füller ist runtergefallen«, stottert er unter der Bank.

»Zum vierten Mal?!«, schreit die Pädagogin empört. »Raus mit dir, wird's bald!«

»Zum zweiten Mal«, korrigiert er Alla Grigorjewna und kommt unter der Bank hervor, das Gesicht ängstlich hinter einem Heft versteckt.

»Raus aus dem Klassenzimmer!«, schreit die Lehrerin drohend. »Du bist hier nicht im Kindergarten! Nach dem Unterricht gehst du zum Direktor! ...«

Lange dachten die beiden Freunde noch an die Streiche ihrer Schulzeit zurück, tranken Tee mit hauchdünnen Zitronenscheiben und aßen köstliche selbst gebackene Kekse, und Alina sah die ganze Zeit zu, hier und da mischte sie sich ins Gespräch ein, aber hauptsächlich schwieg sie und dachte, dass Sascha und Igor sich bestimmt fünfzehn Jahre nicht gesehen hatten, wenn nicht länger, und dass der Zufall sie zusammengeführt hatte, oder vielleicht war es doch kein Zufall, was heißt denn im Grunde auch »Zufall«? – aber solche offenherzigen Gespräche führte ihr Mann wahrhaftig nicht oft, was schade war, denn seine Freunde fehlten ihm sehr, er hatte sie alle vergrault mit seinem schwierigen Charakter, und ihr fiel es immer schwerer, ihm zuzuhören, denn etwas Neues hatte er ihr in den letzten fünf Jahren nicht gesagt und würde er ihr wohl auch nicht mehr sagen, und seine Geschichten kannte sie alle auswendig, und es stand ihr bis zum Hals, aber verlassen konnte sie ihn nicht, wegen des Kindes und auch noch aus anderen Gründen. Darunter diesen:

1. Sie hatte einen gravierenden physischen Makel, den ich aus Taktgefühl verschwiegen habe.

2. Ihr Mann liebte sie sehr und verwöhnte sie wie ein Kind.

3. Sie war im dritten Monat schwanger.

FRÜHER HABE ICH MICH GEFREUT, WENN ES GEREGNET HAT, ABER JETZT ...

»Hör mal. Wir haben das halbe Leben schon hinter uns, vielleicht sogar mehr. Alles, wovon du hier so gerührt erzählst – Küsse im Regen, Gitarren bis zum Morgengrauen –, das war alles in der ersten Hälfte, vor der Pause. Bevor alle zum Büfett gerannt sind, um sich noch ein bisschen zu stärken, ehe es richtig spannend wird. Nicht, dass ich etwas gegen Küsse hätte. Aber bitte nicht im Regen, ich kriege bei dem kleinsten bisschen sofort eine Angina, ich bin einfach so veranlagt. Lieber im Bett, mit der eigenen Gattin und unter der warmen Decke – pünktlich einmal in der Woche. Manchmal auch pünktlich zweimal. Und auch Gitarrenmusik mag ich, klassische allerdings, Uriah Heep reißt mich nicht mehr vom Hocker. Aber kommen wir zu deinem Platz bei der ganzen Sache.«

»Ich ahne es schon. Du brauchst gar nicht weiterzureden.«

»Ich rede aber weiter. Einen Platz hast du auf jeden Fall, so viel ist klar. Welche Nummer, in welcher Reihe, ob dein Sitznachbar vielleicht schläft, wie das festzustellen wäre, weiß ich nicht. Es stimmt schon, irgendwo bleiben wir alle stecken. Das hast du völlig richtig beobachtet. Jeder woanders. Du bist in der Vergangenheit stecken geblieben, ich nicht so sehr. Vielleicht, weil ich ein bisschen mehr Erinnerungen im Kopf habe als bloß Gitarren im

Regen. Eine Hochzeitsreise ohne einen Pfennig Geld in der Tasche zum Beispiel. Oder das erste Kind, das beinahe im Taxi zum Krankenhaus auf die Welt gekommen wäre; meine Frau war am Fluchen, der Taxifahrer auch, ich war halb ohnmächtig. Nicht jedermanns Sache, aber einprägsam ist so was. Ich habe einiges erlebt. Und zu Beerdigungen gehe ich inzwischen auch schon öfter als noch vor zehn Jahren, übrigens nicht nur von alten Leuten ... Kurz, es ist viel passiert seit damals, als wir uns im Hauseingang küssten.«

»Wer ist wir?«

»Sie und ich, damals im Regen.«

»Moment mal, willst du vielleicht sagen, bei mir ist nichts passiert seit damals? Ist es das, was du sagen willst? Da muss ich dir aber widersprechen. Immerhin war ich zweimal verheiratet, und den Beruf habe ich mindestens dreimal gewechselt, ich habe Geld gemacht und wieder verloren, jetzt bin ich gerade wieder dabei, was mit Deutschland einzufädeln ...«

»Mit Deutschland? Das höre ich ja zum ersten Mal. Erzähl mal, worum geht's?«

»Augenblick. Ich habe auch eine Menge erlebt. Ich bin nur einfach stecken geblieben. Verstehst du das? Stecken geblieben. Andere Leute dagegen ...«

»Andere Leute sind nicht stecken geblieben. Du schon. Na und? Geht es dir deswegen vielleicht schlecht?«

»Ach wo. Im Gegenteil. Es geht mir gar nicht schlecht. Ich meine nur, wer hätte vermuten können, dass das damals – trotz der ganzen Streitereien und nervösen Zustände – meine beste Zeit war? Dabei habe ich mich überhaupt nicht wohl gefühlt – bei den Mädels fing ich an zu stottern, bei den Jungs brachte ich keinen ganzen Satz heraus ... Und jetzt stellt sich auf einmal heraus, dass diese peinliche, picklige, irgendwie taube und stumme Zeit meine angenehmste Erinnerung ist. Verstehst du? ...«

Gesetzt den Fall, eine Gruppe von Zeitreisenden aus der Zukunft hätte es Mitte November vergangenen Jahres für nötig befunden, ihr Chronoplan in unserer Stadt anzuhalten, etwa auf der Höhe des siebten Stocks eines auf der Westseite der 24. Straße gelegenen Hochhauses, und hätte, vorübergehend vor Zeit-Anker liegend, einen Blick in die dort befindliche kleine Zweizimmerwohnung mit den halbdurchsichtigen Vorhängen und den niedrigen Decken riskiert, so wäre dieser Blick der ungebetenen Gäste aus der Ferne in ein unaufgeräumtes, schummriges Wohnzimmer mit einigen billigen indonesischen Masken an den Wänden, einem Tischchen unter einer Stehlampe und zwei Stühlen neben einem Fernseher gefallen, und in zwei Sesseln an einem Couchtisch hätten die Reisenden zwei Männer bemerkt, von denen einer größer, der andere etwas kleiner war, einer in legerer Kleidung – orangefarbener Bademantel und weiße Pantoffel an den nackten Füßen –, der andere, der dem Anschein nach zu Besuch war, in Jeans und Pullover. So ist es übrigens oft, wenn Gespräche zu Hause und zwischen zwei Personen geführt werden, dann wohnen diese zwei entweder zusammen (was in unserem Fall auszuschließen ist: Einer der Gesprächspartner hatte Familie, der andere wohnte gar in einer anderen Stadt, wo er übrigens eine junge Geliebte hatte, eine Sportlehrerin an einer Oberschule), oder einer der beiden Gesprächspartner ist bei dem anderen zu Besuch (unser Fall), und nur ganz selten kommt es vor, dass die ins Gespräch vertieften Personen beide zu Besuch sind und der Wohnungsinhaber (eine dritte Person), sagen wir, gerade einkaufen oder zur Post gegangen ist (nicht unser Fall). Nach etwa einem Stündchen an Deck ihres im abendlichen Novembernebel fast unsichtbaren Raumschiffs hätten die durchgefrorenen Reisenden dann, neben anderen Kuriositäten aus unserer Zeit, auch das Gespräch der erwähnten beiden Freunde mitgenommen. Allerdings wissen wir nicht, was sie, wenn sie nach einer wohlbehaltenen Rückkehr in ihr fünftes Jahrtausend ihre Aufzeichnungen abgehört hätten, daraus für Schlüsse gezogen hätten. Natürlich wäre das auch davon abhängig gewesen, mit welchem Ziel sie sich auf den Weg gemacht und mit welchem Ziel sie ihre Beobachtungen angestellt hätten. Ebenso von Belang wäre, welche anderen Artefakte oder Aufzeichnungen die Reisenden aus unserer Zeit mitgenommen hätten. Und dann hängt einiges davon ab, wie ihre eigene Zeit aussieht. Ob sie der unseren ähnelt? Und wenn ja, worin? Nein, natürlich haben wir nicht solche Kleider wie sie; unsere Mobiltelefone kommen ihnen lächerlich uneffektiv und teuer vor, unser Fernsehprogramm ohne jegliche Information geht ihnen auf die Nerven und so weiter. Das meine ich alles nicht. Auch nicht, ob sie sich abends langweilen oder amüsieren und ob sie an Gott glauben und sich vor dem Tod fürchten. Wahrscheinlich glauben sie genauso wie wir, auch wenn sie zweifeln, und wahrscheinlich fürchten sie sich genauso, machen sich aber trotzdem irgendwelche Hoffnungen. Und noch eins: Es ist hier ohne Bedeutung, dass einer der Gesprächspartner ich bin. Weder für die Reisenden ist das von Bedeutung, noch für Sie, noch für mich selbst. Es ist so bedeutungslos, dass ich in dem Gespräch, mit dem diese Erzählung angefangen hat, nicht einmal einen Hinweis darauf gebe, wer ich bin und wer mein Gesprächspartner ist. Zumal auch er, da bin ich sicher, lieber unbekannt bleiben würde, wenn er erführe, dass ich mich entschlossen habe, unser Gespräch zu veröffentlichen. Der Anlass meines (oder seines) Besuchs war irgendeine Kleinigkeit gewesen – ich glaube, es ging nur darum, einen Koffer auszuleihen oder etwas in der Art. Den passenden Koffer hatte ich (hatte er) zwar nicht, aber als sich herausstellte, dass weder er noch ich an diesem Abend etwas Dringendes vorhatten, beschlossen wir, uns einen kleinen Jack Daniels zu genehmigen, und dann noch einen zweiten, und dann kamen wir ins Gespräch, die Zungen lösten sich, wir nahmen es nicht mehr so genau …

»Es gibt schon noch vieles, was mich freut, und darüber bin ich sehr froh«, sagte einer von uns, »aber vieles freut mich auch nicht mehr, und darüber bin ich gar nicht froh.«

»Wie meinst du?«, schreckte der andere hoch.

»Vieles macht mir noch Freude, und darüber bin ich natürlich froh«, wiederholte der Erste. »Aber vieles macht mir auch keine Freude mehr, und darüber bin ich natürlich betrübt.«

»Beispiele bitte. Mit Beispielen könntest du mir eine Freude machen. Sonst ist das doch alles ein bisschen trocken.«

»Dicke Frauen freuen mich nicht, zum Beispiel. Auch wenn es Cousinen von mir sind. Picklige Frauen freuen mich nicht, auch wenn das bei ihnen wieder vorbeigeht und nur vom Frühling kommt.«

»Einverstanden, das ist anschaulich.«

»Keine Freude habe ich an redseligen, schnell beschwipsten jüdischen Frauen mit fleischigen Armen in ärmellosen Kleidern – diesen Munteren, die viel reden, wie gesagt. Die freuen mich nicht.«

»Und warum nicht? Liegt es am Alter oder an der Grundhaltung?«

»Am Alter. In einem bestimmten Alter – das habe ich erst vor ganz kurzem festgestellt – wachsen bei Frauen auf einmal Haare am Kinn. Da ist so eine Frau also noch hübsch, sie ist kontaktfreudig, sie war vor kurzem beim Friseur, und die neue Frisur steht ihr erstaunlich gut. Aber am Kinn hat sie ein elend langes Haar. Was macht man da? Soll man so tun, als würde man das Haar nicht bemerken? Oder sie mit leiser Stimme darauf hinweisen? Oder sie seltener sehen, weil einen dieses Haar doch sehr stört?«

»Das ist natürlich eine sehr persönliche Sache, aber ich würde es so machen: Ich würde einerseits so tun, als würde ich es nicht bemerken, und sie andererseits darauf hinweisen. Mit leiser Stimme, auf eine freundschaftliche, nette Art. So etwa: Versprich mir, dass du nicht beleidigt bist, aber du hast da am Kinn ...«

»Also ich kann das so nicht. Stell dir vor, ihr seid alte Freunde, irgendwann hattest du mal, sagen wir, eine Schwäche für sie, aber sie war verheiratet, jetzt sieht es aus, als wäre sie nicht abgeneigt, aber jetzt bist du verheiratet, genauer gesagt, nicht verheiratet, aber das führt hier zu weit, und außerdem kennst du ja die ganze Geschichte.«

»Fast.«

»Oder fast ... Na gut. Wir waren bei Deutschland. Ein Joint Venture. Was wollte ich sagen? Ein Enthaarungspräparat. Einen Vertrag mit Revlon habe ich schon. Über fünf Jahre. Unter Dach und Fach. Die Verhandlungen waren extrem langwierig. Mein Partner ... das Patent, potenziell ... haben die Präparate, Antitranspirant auch ... auf derselben Grundlage wie ... Potassium ... ein ausgedehntes Vertriebsnetz ... das Porträt auf dem Etikett ist pathologisch, Revlon, kastanienbraune Haare, drei Unzen Salmiak, mit beschränkter Haftung, vorher nachher, Samanthas sagen die zu solchen, Mann, ich sage dir, ein Tête-à-Tête mit der, minimales Risiko, einreiben, ein rein und Reiberei, zwei drei ... Reingewinn, tschin-tschin ... duru-puru ... tarara ... rata ...«

Als die Zeitreisenden die Störung in der Aufzeichnung bemerkten, gerieten sie in Hektik, sie klopften nervös auf ihren Aufnahmegeräten herum und zuckten mit den schmalen Schultern. Der Novembernebel wurde dichter. Nach fünf Minuten war der Empfang wieder stabil. Irgendetwas in ihren Apparaten war einfach feucht geworden, wahrscheinlich die Batterien ...

»So weit, so gut. Ich schleppe also diesen Koffer mit den Proben, dreihundert Dosen sind da drin, dem Gewicht nach ist das schon kein Koffer mehr, sondern eher ein Haus mit Veranda.«

»Aber es gibt doch solche mit Rädern dran, zum Rollen. Ich hatte mal so einen. Den hat mir in London einer geklaut, auf dem Flughafen. Ein Pakistani.«

»Ich weiß. Und so schlau bin ich inzwischen auch. Aber damals war es mir egal, ob mit oder ohne Räder. Du musst schon entschuldigen, ich bin schließlich von der vergleichenden Anthropologie zum Einzelhandel gekommen ... Ich habe meinen eigenen Koffer benutzt, den von meiner Oma, der auf dem Hängeboden lag. Ich schleppe also, und mir fallen fast die Hände ab, ich stolpere, aber ich schleppe weiter – Revlon bleibt Revlon. Gut, dass ich rechtzeitig losgegangen war, ungefähr eine Stunde hatte ich Zeit, also habe ich alle paar Schritte eine Zigarettenpause eingelegt, eine halbe Packung habe ich auf dem Weg geraucht, der Revlon-Mensch hinterher war am Ende, wo ist der Vertrag, sagt er, und hat blind unterschrieben, nur um mich loszuwerden, er war allergisch gegen Rauch. Ein Deutscher war das, so ein Blonder. Wolle saugt sich ja richtig voll mit Rauch, kennst du das? Mein Jackett war hundert Prozent Wolle. Er hat Pickel gekriegt neben mir, dieser Deutsche.«

»Und mir, weißt du, wann mir klar geworden ist, dass ich nicht mehr jung bin?«

»Was?«

»Weißt du, wann ich geschnallt habe, dass ich langsam ein alter Knacker werde?«

»Wann denn? Obwohl, was hat das damit zu tun?«

»Nein, ich vergesse das sonst, wenn ich es jetzt nicht sage, dann vergesse ich es wieder. Es war in dem Sommer, als ich in diesem Büro auf der Park Avenue gearbeitet habe, da komme ich also einmal raus nach der Arbeit, es hat eben aufgehört zu regnen, das Pflaster glänzt, es ist frisch und angenehm draußen, aber ich freue mich gar nicht. Du hast vorhin gesagt, vieles freut dich nicht mehr.

Ich war ja früher immer ganz happy, wenn es geregnet hat, und vor allem hinterher. Wenn ich eine nasse Straße gesehen habe, ist meine Stimmung sofort um zwei Oktaven nach oben gegangen. Und jetzt auf einmal – ich sehe, es hat geregnet, die Ampeln blinken in den Pfützen, was brauche ich mehr, möchte man meinen? Aber ich habe einfach überhaupt nichts empfunden. Null Emotion. Ei ei ei, so ein Unglück, dachte ich. Seit wann bin ich denn so verkümmert? Weißt du, so, wie einem das Bein einschläft, wenn man lange sitzt. Nur war es jetzt nicht das Bein, sondern irgendwas innen drin. Verstehst du? Und das Schlimmste ist, dass ich damals ja erst zwanzig war.«

»Sprich nicht: Was ist's, dass die vorigen Tage besser waren als diese? denn du fragst solches nicht weislich.«

»Klar, meine Rede. Und trotzdem?«

».....................................«

».....................................«

».....................................«

»Zum Frühstück haben sie heute so ein fleischfarbenes Würstchen serviert. Man konnte das gar nicht essen, es war richtig peinlich. Nur die Äderchen haben noch gefehlt.«

»So was!«

»Und am Nebentisch saßen vier junge Männer und ein attraktives Mädchen mit beunruhigendem Brustumfang. Nach der zweiten Flasche Champagner (zum Frühstück, wohlgemerkt) wurde die Unterhaltung der jungen Männer lebhafter, ihre Worte wurden häufiger von lautem Gelächter unterbrochen, einer von ihnen ahmte offenbar irgendwen nach, er drehte den Kopf hin und her, was das Mädchen mit den inzwischen bereits geröteten Wangen außerordentlich belustigte; sie hielt sich die Serviette vor den Mund, um nicht versehentlich das Essen auf den Tisch zu spucken, das sie eben kaute. Und als sie es schließlich, nicht ohne Mühe, heruntergeschluckt hatte, fing sie an, lauthals zu lachen. Von wegen attraktiv, davon konnte überhaupt keine Rede mehr sein. Auch der Anblick ihres Busens war da keine Freude mehr. Überhaupt keine Freude.«

»Das ist ja eine Geschichte.«

»Wie, frage ich dich, kann man das festhalten, diesen Moment, in dem einem das, was einen vorher gefreut hat, auf einmal keine Freude mehr macht? Wie kann man den fixieren?«

»Wozu willst du ihn denn fixieren?«

»Na, sagen wir, aus wissenschaftlichen Gründen. Zur Prävention. Um ihn aufzuschieben, diesen Moment, um das zu verlängern, was einen freut.«

»Das ist unmöglich. Genau wie man einen Orgasmus nicht endlos hinauszögern kann.«

»Ja, aber ein Orgasmus lässt sich ja eben doch aufschieben. Oder wiederholen.«

»Ich habe mich nie mehr so gefreut, wenn es geregnet hat, wie mit siebzehn. Und wenn es aufgehört hat zu regnen auch. Das erste Mal lässt sich nicht vergleichen mit dem, was danach kommt. Alles hat seine Zeit. Die erste Liebe, die Neuheit der Reize. Glaubst du, das haben sich die Dichter und die Physiologen alles bloß ausgedacht?«

»..................................«

»..................................«

»Wenn du vor hundert Jahren jemandem was von Fernsehen erzählt hättest, wärst du ausgelacht oder ins

Irrenhaus gesperrt worden. Und Mobiltelefone, wer außer dem Militär hatte davon vor zwanzig Jahren schon mal was gehört?«

»Na und? Hat das alles etwa viel Freude gebracht?«

»Es geht nicht um Freude, sondern um Bequemlichkeit. Für mich bitte ohne Eis.«

»Eine Frau mit großem Busen ist für sich genommen ein erfreulicher Anblick. Man schaut sie nur an und sündigt schon mit ihr, da müsste man sich sonst schon die Augen ausreißen. Der Anblick einer rot angelaufenen, lachenden Frau, die sich den Mund mit Omelett voll gestopft hat, ist unangenehm, unabhängig von ihrer Oberweite. Auch ein Mann, der bei Tisch laut furzen würde, würde einen betrüben, trotz Anzugs und feiner Manieren. Es gibt Dinge, die sind angenehm zu sehen, zu hören, zu riechen, und andere, die sind unangenehm. Und wer weiß, vielleicht war es auch mehr der Champagner und das Gelächter der anderen, die dich verdrossen haben, wie du dich so über dein geädertes Würstchen beugtest, und nicht so sehr das Lachen mit vollem Mund?«

»Das heißt, du willst sagen, ich war neidisch auf diese Leute, weil sie fröhlich waren, ja, und weil an ihrem Tisch ein Mädel mit großem Busen saß und sie einen Haufen Geld hatten?«

»Ja, oder etwa nicht?«

»....................................«

»....................................«

»....................................«

»Aber macht Bequemlichkeit Freude?«

»Na sicher. Du rufst nur an, und alles wird dir nach Hause geliefert. Du wählst eine Nummer und hörst: ›Ich bin schon ausgezogen, und du, Süßer?‹ Ist das bequem? Ja. Ist es erfreulich? Und ob!«

»Aber die Frau am Telefon liebt dich doch nicht. Du bist ihr Kunde. Du bist kaum fertig, da ist sie schon beim Nächsten.«

»Und wenn schon! Das sind doch olle Kamellen. Ich meine, wenn es jemand ist, der dir nahe steht, und der ist schon beim Nächsten, eh du richtig fertig bist, das ist schlimm. Ich rede von Service. Wenn du ein Auto kaufst, ist der Verkäufer auch dein bester Freund und erkundigt sich nach deinen Kindern. Und wenn du ihm seinen Oldsmobile dann abgekauft hast, sind ihm deine Kinder auf einmal egal, und sein Händedruck ist gleich nicht mehr so kräftig. Na und?«

»Na gut, das ist Service. Aber was hat das mit Freude zu tun?«

»Ganz einfach, während die Freuden mit den Jahren immer weniger werden, wird Service, Bequemlichkeit usw. immer wichtiger. Das ist umgekehrt proportional. Und es ist ein Glück, wenn du dir diesen Service und diese Bequemlichkeiten leisten kannst. Altersvorsorge, schon mal davon gehört?«

»Allerdings. Und nicht nur gehört ...«

Weiterhin drehte das Gespräch sich um Rentenversicherungen, Aktien, Ersparnisse, Immobilien, Methoden, wie man sein Kapital verdoppelt und dabei weniger arbeitet, Methoden, wie man es verdreifacht und dabei genauso viel arbeitet, sowie darum, ob die Versicherung meines Freundes Zahnarztbesuche abdeckte. Wesentliche Fragen zweifellos, die jedoch mit schöner Literatur bestenfalls indirekt zu tun haben. Ich würde sogar vermuten, dass die Zeitreisenden genau an dieser Stelle ihre Aufnahmegeräte ausgeschaltet und ihre Temporalmotoren angeworfen hätten und lautlos in den Novemberhimmel aufgestiegen wären. Genauso lasse auch ich, um die Geduld meiner Leser nicht weiter zu strapazieren, mich und meinen Freund nun in jenem Wohnzimmer zurück, wo unsere Unterhaltung noch bis weit nach Mitternacht dauerte – wir sehen uns ja so selten –, und entferne mich auf Zehenspitzen aus dieser Erzählung.

SAMUSIS' TOD

Gleich nach dem Mittagessen fing es an zu regnen. Vier Arbeiter machten sich auf dem Dach des Wolkenkratzers gegenüber an einem riesigen A zu schaffen. Unten wurden bunte Punkte dunkler und größer – Passanten spannten Regenschirme auf. Er stand am Fenster, die Hand auf dem Herzen. Er fühlte sich nicht gut. »Kleine Pause?«, warf der Abteilungsleiter im Vorbeigehen hin. Er griff nach dem Fensterbrett, ging in die Knie. Kollegen umringten ihn, jemand rannte zum Telefon. Auf seine Stirn traten kalte Schweißperlen. Einst hatte er geträumt: »Wenn ich mein Studium abgeschlossen habe, heirate ich, und meine Frau wird mich so lieben, wie ich bin.«

Er lag auf dem Boden. Jemand knöpfte ihm den Hemdkragen auf. Einst hatte er geträumt: »Meine Frau wird eine gute Hausfrau sein.« Jemand griff ihm in die Hosentasche und zog seine Brieftasche heraus. Sein Atem ging schneller. Jemand sagte: »Ein Herzanfall. Wo bleibt denn der Arzt, verdammt?« Er wollte widersprechen, aber die Laute ließen sich nicht zu Wörtern zusammensetzen. Irgendein Witzbold aus der Personalabteilung machte ihm den Hosenschlitz auf und fing an, ihn zu massieren. Die anderen zischten ihn an. »Das ist Shiatsu«, erklärte der Masseur.

Gestorben ist Samusis – so hieß der Tote – mit einer Erektion. Die letzten neun Jahre seines Lebens hatte er in einem Unternehmen gearbeitet, wo in einer der Kabinen der Herrentoilette auf seiner Etage in bestimmten Abständen ein und derselbe Schriftzug auftauchte: »Tod dem Kapitalismus!«

»Ich hab's ja immer gesagt«, dachte er am Tag vor seinem Ableben beim Wasserlassen, »Kritik an der bestehenden Ordnung ist nur an den Orten der natürlichen Notdurft möglich. Auf dem Klo sind wir alle Radikale.«

Am nächsten Tag war er schon morgens schlecht gelaunt. Vielleicht sagte er deshalb seinem Sohn, als der anrief und ihn um Geld für seine Regenschirme bat, einen Haufen Grobheiten und nannte ihn sogar einen zu nichts zu gebrauchenden Schwachkopf, den man am besten gar nicht auf die Welt gebracht und großgezogen hätte.

»Du tust gerade, als hättest du mich zur Welt gebracht und großgezogen«, brauste Samusis junior auf und warf den Hörer auf die Gabel.

Bis hierher ist das ein ziemlich gängiger Anfang für eine Erzählung – der Tod des Helden, ein vorausgegangener Konflikt, dann werden die Gedanken eines der an diesem Konflikt Beteiligten beschrieben, dann zieht man einen zweiten Beteiligten mit in die Sache hinein, oder der Beteiligte zieht selber, an einem Joint zum Beispiel, und an dieser Stelle kann man dann schon einen kleinen Bewusstseinsstrom einflechten, die kausalen Verknüpfungen lockern usw. Wir verfolgen hier allerdings etwas andere Ziele, psychologischer Realismus reißt uns nicht mehr vom Hocker, stimmt's? Und auch die Moderne widert uns, offen gestanden, an. (Meine Ansichten zur Postmoderne zu äußern, hatte ich auf diesen Seiten bereits Gelegenheit.)

Das Telefongespräch mit seinem Sohn hat bei Samusis

senior also einen ausgesprochen unangenehmen Nachgeschmack hinterlassen, doch seine Gedanken und Handlungen wollen wir jetzt nicht schildern (zumal er viereinhalb Stunden später schon nicht mehr unter uns weilen wird), stattdessen versetzen wir uns in Gedanken lieber ins Jahr 1970 zurück, als Samusis senior selbst ganz gerne mal einen knisternden Dollarschein zusammenrollte, sich mit dem Zeigefinger ein Nasenloch zuhielt und mit dem anderen Nasenloch durch das bewusste Dollarröhrchen ein weißes Pulver, das er zuvor mit der Rasierklinge auf einem Spiegel zerkleinert hatte, einatmete, während aus dem einzigen Lautsprecher seiner armseligen Stereoanlage sein Lieblingslied *In dir drin und ohne dich* tönte. Haben das alle? Sehr gut. Und jetzt wollen wir uns, wiederum im Geist, um zweieinhalb Stunden nach vorne versetzen, an den Zeitpunkt, als der nur mit einer Unterhose bekleidete Samusis senior im düsteren Flur eines Studentenwohnheims einer schallend lachenden Brünetten mit einer zarten hellblauen Ader an der linken Schläfe hinterherlief. Später lag die Brünette mit geschlossenen Augen zwitschernd auf dem abgewetzten Teppich in ihrem Zimmerchen, während Samusis senior, der ihren Minirock hochgeschoben hatte, unter lautem Schnaufen an Samusis junior arbeitete und dabei mit beiden Händen ihre mädchenhafte Taille zusammenpresste. Nun versetzen wir uns (abermals in Gedanken) gute zwanzig Minuten weiter. Samusis und Samusis juniors zukünftige Mama liegen, immer noch im selben Zimmer, erschöpft auf dem Bett, rauchen und lächeln einander glücklich an.

Dreiundzwanzig Jahr später zerstritt sich Samusis aus einem nichtigen Anlass mit seinem Sohn. Im Grunde gab es überhaupt keinen Anlass. Ging es denn etwa um diese unglückseligen 750 Dollar? Es war einfach eine über Wochen angestaute beiderseitige Gereiztheit, die sich plötzlich ganz von selbst in einem großen Streit entlud. Obwohl, man muss sagen, dass Samusis junior von Natur ein sensibler junger Mann war und seinen Vater auf seine Art liebte. Kaum fünf Minuten nach dem Telefongespräch, nachdem er wieder an seine Straßenecke zurückgekehrt war, bereute er die eigene Taktlosigkeit schon und gab die Schuld an der Auseinandersetzung mit seinem Vater einzig und allein sich selbst.

Überhaupt stimmte Regen im Mai ihn immer traurig und sorgenvoll. Und jetzt noch dieses blöde Gespräch! Samusis junior stand an der Ecke und zupfte ratlos an seinen dünnen Koteletten. Seine Regenschirme wurden aus irgendeinem Grund nicht gekauft, obwohl das Geschäft an Tagen wie diesem normalerweise sehr gut ging. Ihm fehlten die Mittel, um eine neue Partie für den Sommer zu kaufen, und ihm die Ware auf Kredit zu liefern, hatte der Vertrieb in Hongkong rundweg abgelehnt.

»Ich hätte nicht nach Amsterdam fahren dürfen«, dachte der junge Mann.

Moment, ich erkläre das gleich. Die Sache war die, dass Samusis junior seinen Geburtstag eine Woche zuvor folgendermaßen gefeiert hatte: Er flog nach Amsterdam, ging in sein Lieblingsbordell, verbrachte dort anderthalb Stunden in Gesellschaft der glatthäutigen Celeste und flog am selben Tag mit der Abendmaschine nach New York zurück.

»Wie schön, wenn man reich ist und jung und gesund, ein Kerl wie ein Baum, stark wie ein Bär, schnell von Begriff, spitz von Ellbogen und so weiter«, dachte Samusis junior an Bord der Boeing 747, während er die Rückenlehne seines Sessels im Nichtraucherbereich nach hinten klappte. Auf seinen Lippen spielte ein sinnloses Lächeln. Wie lange war das her! Nein, nicht auf der Zeitebene – mit Zeit hat das gerade überhaupt nichts zu tun –, sondern gefühlsmäßig.

Samusis junior holte seine Brieftasche aus der Manteltasche, fand darin einen schrumpligen Joint-Rest, drehte sich mit dem Gesicht zur Kreuzung, schützte den Joint mit einer Hand vor dem Regen, zündete ihn mit einem Bic-Plastikfeuerzeug an und nahm einen Zug. Er spürte eine angenehme Kühle in der Lunge.

»Wahrscheinlich bin ich einfach ein unverbesserlicher Romantiker«, dachte er.

»Na, Kumpel, was kosten denn deine Regenschirme?«, ertönte die Stimme eines Polizisten neben seinem Ohr... Überlassen wir damit Samusis junior dieser, gelinde gesagt, nicht einfachen Lage – und dabei geht es weniger um den Joint als vielmehr um seine abgelaufene Genehmigung für den Straßenhandel. Mit einem Wort, der Junge steckt im Schlamassel, und zwar ziemlich tief. Aber was soll man machen? Das hat er sich selbst eingebrockt, jetzt soll er die Suppe auch selber auslöffeln – er ist schließlich kein Kind mehr, oder?

Wir lassen also Samusis junior mit einem hilflosen Ausdruck auf dem erröteten Gesicht im Regen zurück und erzählen lieber von Soja Samusis – uns in Gedanken irgendwohin versetzen müssen wir dafür nicht, alles geschieht just in diesem Augenblick. Soja hatte sich trotz ihrer sechsundvierzig Jahre ihre einstige Attraktivität bewahrt, auch wenn sie merklich fülliger geworden war. Auf die Nachricht vom Tod ihres Mannes hin fuhr sie auf der Stelle nach Midtown, kam schwer atmend in das Büro im zweiundzwanzigsten Stock gerannt, sah die Leiche ihres Gatten mit dem aus dem Hosenstall ragenden blauroten Gemächt, schluchzte laut auf, schob ihr Trägerkleid hoch, zog ihr Höschen herunter und setzte sich vor aller Augen auf Henry Samusis. Jemand zischte: »Dass die sich nicht schämt!« Sie antwortete nicht sofort. Über ihre runden Wangen liefen die Tränen, sie wischte sie mit der Krawatte des Toten ab, liebte ihren Mann dabei aber ohne Unterbrechung weiter. »Richtet nicht, auf dass ihr nicht gerichtet werdet«, sprach sie endlich.

Die Brieftasche des Verstorbenen war irgendwie von alleine wieder aufgetaucht.

Soja beruhigte sich schließlich und legte sich neben Henry. Sie waren immer noch ein schönes Paar. Was sollte sie ohne ihn anfangen? Was? Ausbildung als Buchillustratorin, ca. zwölf Jahre nicht gearbeitet, zwei Kinder, der Ältere war ein bisschen ungeschickt. Sollte sie vielleicht versuchen, wieder zu heiraten? Aber wen? Im Übrigen war es zu früh, daran zu denken ... Sie stand auf, strich ihr Kleid glatt und trat ans Fenster. Die Arbeiter draußen machten sich immer noch an ihrem A zu schaffen.

»NAM«, las Soja das, was von dem Wort übrig geblieben war.

»Mrs. Samusis«, sprach der Abteilungsleiter sie an. Sie drehte sich um. Vor ihr stand ein korpulenter, grauhaariger Mann in einem teuren flaschengrünen Anzug und einer dunkelgelben Krawatte mit weißen Punkten. Seine braunen, quastenbesetzten Schuhe waren so glänzend poliert, dass sie geradezu blendeten. Seine Manschettenknöpfe – seine Manschettenknöpfe waren ein Kapitel für sich. Soja hatte solche Manschettenknöpfe noch nie gesehen. Keine Frage, das waren sehr teure Manschettenknöpfe. Ein einziger solcher Manschettenknopf kostete bestimmt dreihundert Dollar. Auch seine Brille und die getönten Gläser sahen teuer aus. Er roch nach einem teuren Eau de Cologne. Er trug einen teuren Haarschnitt. »Mrs. Samusis, darf ich Ihnen mein alleraufrichtigstes Beileid aussprechen, Mrs. Samusis. Glauben Sie mir, für uns alle, für unsere gesamte Abteilung ist das ein unersetzlicher Verlust. Ich persönlich wollte ihn dieses Jahr zur Beförderung vorschlagen. Und ich zweifle keine Sekunde daran, dass der Vorstand meinem Vorschlag gefolgt wäre. Mrs. Samusis, wenn ich irgendetwas für Sie und Ihre Kinder tun kann – ihr Ältester ist ja ein angehender Geschäftsmann, soviel ich weiß –, ein Wort von Ihnen genügt, und ich werde alles tun, was in meiner Macht steht. Dieser Tod ist ein Schlag für die ganze Firma ... Aber jetzt, entschuldigen Sie in Gottes Namen, unsere Arbeitszeit geht bis fünf Uhr. Wenn es Ihnen nichts ausmacht, wären Sie so gut, in der Eingangshalle unten zu warten? Die Leiche wird gleich abgeholt, ich habe schon entsprechende Anweisungen gegeben. Entschuldigen Sie nochmals, aber Arbeit ist Arbeit«, beendete er seine Tirade in etwas verlegenem Ton.

Soja Samusis stand am Fenster, und es schien, als hörte sie ihn nicht. Oder als würde sie ihn zwar hören, aber nicht verstehen. Oder als würde sie zwar verstehen, aber es nicht für nötig halten, zu antworten. Oder als wollte sie antworten, aber wüsste nicht, was. Nur die kleine hellblaue Ader an ihrer linken Schläfe pulsierte ganz schnell. Ohne einen Ton zu sagen, ließ sie ihren Blick über das ganze Büro gleiten, drehte sich mit einem Ruck um 180 Grad und ging, ohne irgendwen anzusehen, zum Ausgang. Erst kurz vor der Tür wandte Soja sich um und stieß zwischen den Zähnen hervor:

»Ihr Bastarde, sein kleiner Finger war mehr wert als ihr! Wenn ihr wüsstet, wie er euch verachtet hat! Euch alle! Ohne Ausnahme!«

Sie wollte demonstrativ die Glastür zuknallen, doch das gelang ihr nicht – es handelte sich um eine Automatiktür. Sie stieß einen wüsten Fluch aus, lief zum Aufzug, drückte mehrmals energisch auf den Knopf mit der Aufschrift »Abwärts«, aber der Aufzug, wie zum Trotz, dachte gar nicht daran, stehen zu bleiben. Und da bekam Soja einen waschechten hysterischen Anfall.

Was bleibt hinzuzufügen? Die Zeit ist nicht stehen geblieben, versteht sich. Wie das weitere Schicksal von Samusis junior aussah, kann ich nicht sagen. Ob Soja inzwischen wieder geheiratet hat – ich weiß es nicht. Samusis senior wurde auf einem kleinen Friedhof in Queens beerdigt, in der Nähe des Häuschens, in dem bis heute seine hochbetagten Eltern leben. Und was den Witzbold aus der Personalabteilung angeht, der vor den Augen der gesamten Belegschaft einen Sterbenden verhöhnt hat, so kann ich zur Ehrenrettung der Firma, der Samusis senior seine besten Jahre geopfert hatte, mitteilen, dass er eine scharfe Rüge erhalten hat und dass sein Gehalt in diesem Jahr nur um 2,5% erhöht wurde, nicht um die 5%, mit denen er gerechnet hatte. Vielleicht überlegt er sich nächstes Mal einen weniger blöden Witz.

WIE TOLSTOI SHAKESPEARE NICHT LEIDEN KONNTE

Das war noch in der Schulzeit. Einmal setzte meine Mutter ihren Hut auf und rannte aus der Wohnung, so eilig hatte sie es, in die Schule zu kommen. Im Bus fiel sie in Ohnmacht, so stickig war es da.

»Wer ist das?«, wurde mein Vater in der Leichenhalle gefragt.

»Ich weiß nicht«, antwortete er achselzuckend und setzte sich auf sein Fahrrad.

In dem Sommer damals wurde ich fünfzehn. Die kleine Rita liebte mich und erlaubte mir Freiheiten. Zum Dank dafür ignorierte ich sie und war grob zu ihr:

»Was zum Teufel soll ich mit dir anfangen, mit so einer...?«

»So einer was?«, fragte sie schmachtend, ohne mich loszulassen.

Mama kam erst an der Endhaltestelle wieder zu sich – am Lew-Tolstoi-Platz. »Chadshi Murat« war von Tolstoi, und irgendwas gegen Shakespeare hatte er auch geschrieben. Autoritäten konnte er nicht leiden, der Alte. Und ich konnte ihn nicht leiden. Den Aufsatz zum Thema »Aus welchem Stoff sind die Rostoffs?« schrieb ich aus Prinzip nicht. Das war auch der Grund, weshalb meine Mutter in die Schule bestellt wurde.

»Wenn er den Aufsatz nicht schreibt, bekommt er kein Zeugnis«, sagte die an Haarausfall leidende, ungepflegte

Lehrerin für russische Literatur und Sprache, Anna Abramowna Gerschenson, zu meiner Mutter, in einem Ton, der keinen Widerspruch duldete.

Mein Vater verließ die Leichenhalle in gedrückter Stimmung. So was war schließlich keine Kleinigkeit! Und dazu hatte er noch Ärger bei der Arbeit: Sein neuer Vorgesetzter mochte ihn nicht, der alte war nicht mehr im Dienst. Und wissen Sie, wer in der Leichenhalle mit einer kleinen Nummer am Fuß vor meinem Vater auf dem Tisch lag und stank? Das erraten Sie nie. Ich wette, was Sie wollen.

Die Gerschenson war bis über beide Ohren in den Wehrkundelehrer verliebt. Er erinnerte sie irgendwie an Petschorin. Der Wehrkundelehrer schob den Mädchen mit dem Lineal die Miniröcke hoch, um sie in Verlegenheit zu bringen. Auch die kleine Rita belästigte er. Einmal habe ich sie verteidigt und ihm mit der Faust eins auf die Nase gegeben. Die Nase des Wehrkundelehrers fing an zu bluten, das Blut spritzte auf das ganze Klassenbuch. Auf die Vieren spritzte es, auf die Dreien und die Zweien. Einsen gab es bei ihm nicht. Er war streng. Wir nannten ihn Kaufmann Kalaschnikow.

Nach diesem Vorfall wurde meine Mutter noch einmal in die Schule bestellt.

Ich saß zur selben Zeit bei Rita und rauchte eine Marlboro. Zuerst tanzte sie auf *Czerwone Gitary*, später zog sie die Unterhose aus.

Meiner Mutter wurde schlecht im Bus – es war furchtbar stickig und voll.

»Ich weiß nicht«, sagte mein Vater achselzuckend und setzte sich auf sein Fahrrad.

»Aus welchem Stoff sind die Rostoffs?«, fragte der

Wehrkundelehrer meine Mutter streng und ließ seine Sporen klirren.

Beinahe wäre ich von der Schule geflogen.

»Nie zadzieraj nosa«, sangen die *Czerwone Gitary*.

Ich blies den Rauch aus und gab Rita einen Schmatz auf den Po. Sie kicherte.

Papa verließ die Leichenhalle in etwas gedrückter Stimmung.

Und wissen Sie, wer in der Leichenhalle mit einer kleinen Nummer am Fuß vor ihm lag und schlecht roch? Geben Sie auf? Es war die Große Russische Literatur.

Das ganze war Anfang der Siebziger. Man trug Schlaghosen und Plateausohlen. Von dem politischen Klima, das damals herrschte, brauche ich Ihnen nichts zu erzählen, aber im Sommer am Meer sitzen und Science-Fiction-Romane lesen oder einen spannenden Krimi, oder Badminton spielen, das war angenehm.

Rita und ich haben bald darauf geheiratet. Wir haben zwei Kinder. Unser Großer hat schon seine eigene Kooperative aufgemacht, die Kleine dichtet. Kennen Sie das: »Vorbei ging die Zeit auf geflügelten Füßen, hier und da, durch Bäuche, durch Mütter«? Das ist von ihr. Demnächst erscheint ein Buch von ihr in Moskau.

Von der Schule bin ich damals dank der Bemühungen meines Vaters nicht geflogen. Von der Leichenhalle aus fuhr er (beide Male) direkt in die Schule und erzählte der Gerschenson und Kalaschnikow die ganze Geschichte.

Na, und wie es weiterging, wissen Sie ja schon: Wie meine Mutter ihren Hut aufsetzte, und wie sie aus der Wohnung rannte, und wie Tolstoi Shakespeare nicht leiden konnte.

DIE EHE DES MATHEMATIKERS

Unser Freund S., der Mathematikprofessor, war ein furchtbar lustiger Kerl. Er hatte einen sehr abstrakten Humor und ein viriles Kinn. Im Sommer rasierte er sich gewöhnlich den Bart ab, und dann wurde meiner Frau und mir jeweils klar, dass S.' Kinn sehr viril war. Ich würde gern als Beispiel ein, zwei Witze von ihm hier anführen, aber ich habe sie leider gründlich vergessen – sie waren wirklich sehr abstrakt –, wogegen ich mich an seine Augen sehr gut erinnere: S.' Augen waren kastanienbraun und strahlend.

Einmal fiel er vom Motorrad und brach sich das Schlüsselbein und den Fuß. Er bekam Krücken verordnet. Er machte zahlreiche und abstrakte Witze über dieses Thema, irgendwas von einem Hüftkosinus und den hinteren vier Ziffern, aber was genau, weiß ich nicht mehr. Daneben interessierte er sich für Philosophie. Ihn beschäftigte das Problem des Todes. Wen beschäftigt es nicht? Meine Frau und ich interessierten uns ebenfalls für dieses Problem, obwohl wir Künstler beziehungsweise Dichter waren. Ich habe sogar ein Gedicht darüber geschrieben. Der Anfang ging so: »Der Tod wohnt in der Herzensgegend, / Oder aber im Gehirn ...«, und weiter kamen dann noch Zeilen wie: »Verschwinde, Tod, du ungewasch'ner! / Dieser Fußgeruch allein!« und: »Leben will ich, weiter nichts, / Mit der Liebsten fröhlich scherzen, / Kurzsichtigen Angesichts ...« usw.

Ich könnte das Gedicht auch vollständig zitieren, aber ich will meine Erzählachse nicht mit irgendwelchem x-beliebigen Zeug überfrachten.

S. lachte lange, als ich ihm mein Gedicht vortrug, und dann ließ er vor Freude seine Krücken tanzen. Eine Woche später sollte ihm der Gips abgenommen werden. Im Lauf des Monats war dieser Gips ganz voll geschrieben worden, angeblich von S.' Freunden, in Wirklichkeit aber von ihm selbst. Meine Frau und ich wussten genau, dass wir die Einzigen waren, die den Patienten besuchten – er hatte keine Freunde außer uns. Aber wir wollten ihm mit unseren Mutmaßungen nicht die Laune verderben. »Werde wieder gesund, Euklid Lobatschewski!«, las meine Frau zum Beispiel eine schmutzig violette Inschrift auf dem Gips und fragte S.: »Du liebe Zeit, von wem ist denn das?« Und S. antwortete so etwas wie: »Ach, das war mein Freund Siegfried, den kennt ihr glaube ich nicht«, und kratzte sich am Kinn.

Einmal war meiner Frau und mir das Geld ausgegangen, nicht mal eine Pizza konnten wir uns mehr leisten. Wir hatten Hunger, also gingen wir rasch zum Flohmarkt, verscherbelten ungefähr zehn Bücher und kauften uns für den Erlös bei Blondie's auf der Telegraph Avenue zwei riesige Stücke Pizza mit Oliven und Peperoni. Eben essen wir also diese Pizza, die Tränen stehen uns in den Augen dabei – so ist das manchmal, wenn man ganz lange nichts gegessen hat und sich dann auf einmal richtig satt isst –, da sehen wir unseren Freund S. über die Straße kommen, und zwar nicht allein, sondern mit einem Mädchen. Meine Frau und ich tauschten einen Blick: »Na endlich! Er hat jemanden gefunden!«

Die beiden kamen näher, ich sah mir S.' Begleiterin genauer an und bemerkte im Stillen, dass sie wirklich gar nicht übel war. Es ging auf den Herbst zu, und S. ließ sich den Bart wieder wachsen. Kurz und gut, einige Zeit später haben sie geheiratet, wir waren Trauzeugen. Dann gingen sie auf Hochzeitsreise; als sie zurückkamen, waren sie braun gebrannt, gut gelaunt und hatten glänzende Augen.

Bei ihrem Anblick beschlossen meine Frau und ich sogar, uns vorerst noch nicht scheiden zu lassen, obwohl wir zugegebenermaßen ziemlich oft daran dachten. Wir hatten uns einfach gründlich satt, außerdem war sie furchtbar schlampig und als Hausfrau völlig unfähig. Na, und ich war auch allenfalls der Form nach ein Ehemann: Im Haus machte ich keinen Finger krumm, vom Geldverdienen hatte ich keine Ahnung. Wir beschlossen, noch ein halbes Jahr zu warten, vielleicht würde es sich ja wieder einrenken. Tja, was soll ich sagen, einen Monat haben wir gewartet, dann noch einen, aber was bei der Sache herauskommt, ist noch nicht klar, es sind erst zweieinhalb Monate vergangen.

Unser Freund aber, der Mathematiker S., hat eine Stelle an der Universität bekommen, sein Motorrad verkauft – darauf hat seine Frau bestanden – und will sich jetzt, wie ich höre, einen Neuwagen zulegen, einen Honda, glaube ich. Das ist die ganze Geschichte.

BOBKA, DER IRRE

Heute kann wohl niemand mehr mit völliger Gewissheit sagen, auf welchem Weg der frühere stadtbekannte Irre und Lebensmittelchemiker Boris Ossipowitsch Perelmuter nach New York gelangt ist. Es hieß, er sei im Jahr neunzehnhundertpaarundachtzig mit irgendeiner Delegation für irgendeinen Austausch hergekommen und habe kurz vor Ende seines Aufenthalts im Big Apple um politisches Asyl ersucht. Möglich. Andere behaupten, er sei ja ein ganz guter Jazzmusiker gewesen (Kontrabass) und habe in dieser Eigenschaft vorübergehend Arbeit gefunden in einem kleinen Club an der Hudson Street, und so sei er dann, nach einer Scheinehe mit der Besitzerin dieses Etablissements, einer hübschen Filipina namens Maria, im Land geblieben. Auch das ist möglich.

Wie auch immer, jedenfalls rief er, einmal in New York gelandet, aus irgendeinem Grund als Erstes mich an. Wir kannten uns noch aus der Schulzeit, hatten uns aber nie sonderlich nahe gestanden, deshalb war ich über seinen Anruf etwas verwundert. Verwundert und beunruhigt. Meine Erinnerungen an ihn waren ausgesprochen unangenehmer Art. In der Schule war er betont frech zu allen und galt als krankhaft ehrgeiziger Junge mit einer Neigung zu grundlosen Wutausbrüchen, die manchmal bis zu Handgreiflichkeiten gingen. Seine Arroganz und Dreistigkeit kannten keine Grenzen. Den Mädchen jedoch gefiel er aus unerfindlichen Gründen. Und das hatte mich immer schon geärgert. Eine versprach sogar, ihm gegen drei Rubel Gebühr etwas zu zeigen, aber Bobka wollte nur zwei bezahlen. Das Mädchen blieb stur. Da drückte er sie in der großen Pause gegen die Garderobe und schaute selbst nach, für umsonst, womit er die arme Junge Pionierin fast zu Tode erschreckte. Nach diesem Vorfall gaben wir ihm den Spitznamen *Bobka, der Irre*.

Einmal in einer Botanikstunde, während wir alle eifrig den Querschnitt eines Nacktsamer-Stempels von der Tafel abmalten, schloss Bobka die Augen und unterhielt sich laut flüsternd mit dem Allmächtigen. »Herr«, betete Bobka, »lass mich doch unsterblich werden, oder meinetwegen sterben, oder irgendwas in der Art, aber bitte sag was und hör auf, so zu tun, als gäbe es mich gar nicht. Und ob es mich gibt, Herr!« Gott stellte sich entweder taub, oder er hörte ihn tatsächlich nicht, oder ich weiß auch nicht was.

Von der Schule flog Bobka in der neunten Klasse, nachdem die noch ganz junge Russischlehrerin Wera Semjonowna Gorelik bei einer Lehrerkonferenz einen Aufsatz über ein frei gewähltes Thema von ihm vorgelesen hatte. Der Aufsatz hieß »Meine erste Liebe«. Dieses Opus von Bobka zirkulierte bei uns noch, als wir schon die Abschlussprüfung machten, und wundersamerweise besitze ich immer noch eine Kopie davon. Ich zitiere es hier vollständig, denn ich fürchte, meine kursorische Beschreibung von Bobkas Schuljahren vermittelt noch kein umfassendes Bild seines gelinde gesagt eigenwilligen Charakters. Hier also Bobkas Aufsatz »Meine erste Liebe«:

Meine erste Liebe

Meine erste Liebe war eine Eins-a-Stute mit einem Gesicht von unerhörter Schönheit, vollen Lippen und einem frechen kleinen Po. Immer wenn sie spürte, dass ihr etwas fehlte zwischen den Beinen, schlüpfte sie blitzschnell aus ihrer Unterhose, auf der gescheckte Häschen und andere kleine Tiere herumliefen, schmiegte sich an mich und flüsterte: »Borenka, wollen wir uns küssen?« Ich liebte sie durchschnittlich jeden zweiten Tag, aber sie wollte immer noch mehr, noch mehr.

Als unsere Eltern einmal zu einer Einladung gegangen waren – sie war damals schon acht –, ließ sie mich in einem Zug ein Glas von ihrem klaren, aromatischen Urin austrinken. »Damit er besser steht«, erläuterte sie.

Sie besteht darauf, dass wir unser Verhältnis diesen Sommer legalisieren sollen. Ich erkläre ihr, dass Geschwisterehen vor dem elften Lebensjahr bei den Juden nicht als wünschenswert gelten, aber sie will nichts hören. Rajusja heißt sie, meine Kleine. Und jetzt will ich noch ihre Innenwelt beschreiben: sie ist warm, feucht und wohlklingend. Das war's, fertig.

Na, was sagen Sie? Begreifen Sie jetzt, was das für ein Typ war? Dieser Aufsatz wurde in Abschriften in der ganzen Stadt herumgereicht; irgendein Schlauberger versuchte sogar, ihn zu vertonen, und Bobka selbst, der drei Tage nach der Lehrerkonferenz hochkant von der Schule geflogen war, hielt sich plötzlich für einen Helden des Samisdat oder ein Opfer des Antisemitismus, ging in seinen abgewetzten Cord-Schlaghosen mit hocherhobenem Kopf auf dem Boulevard spazieren, fuchtelte komisch mit seinen langen Armen herum, fing Streit mit Passanten an und schrie allerlei Unfug durch die Gegend, so à la: »Na, und? Sonst noch Fragen? So sieht's aus. Da bist du nicht der Einzige, verstanden?« Eben damals begann man auch außerhalb der Schulmauern an seinem Verstand zu zweifeln, und bald galt er als stadtbekannter Irrer.

Allerdings wusste ich, das muss ich sagen, ganz genau, dass er überhaupt keine Schwester hatte, sondern der einzige Sohn ziemlich wohlhabender Eltern war – sein Vater war irgendein hohes Tier beim sowjetischen Seehandel, sein Großvater mütterlicherseits der Chef eines Warenlagers. Seine Eltern haben ihm immer jeden Wunsch erfüllt, und auch das hat mich immer geärgert, und das wusste er ganz genau.

Jetzt wird vermutlich klar, warum ich lange hin und her überlegt habe, ehe ich mich entschloss, Bobka zu treffen. Letzten Endes haben sich unter meinen Argumenten aber die Folgenden durchgesetzt: Bobka ist in der Fremde, wenn er sich an mich gewandt hat, dann hat er wohl keine Familie hier – und da sollte ich ihm nicht eine helfende Hand hinstrecken? Hat man mir denn nicht auch geholfen am Anfang hier, bis ich die Stelle als Programmierer bei Merrill Lynch gefunden hatte? Außerdem, so überredete ich mich selbst, hatte er sich sicherlich verändert in all den Jahren.

Bobka und ich trafen uns in Manhattan, im Café Orlin am St. Mark's Place. Äußerlich hatte er sich wirklich ziemlich verändert: An manchen Stellen war er grau geworden, an anderen kahl und wieder an anderen rund. Nur in seinen Augen schimmerte, wie auch schon in seiner Jugend, eine gewisse träge Arroganz. Ich bestellte zwei Cappuccino, setzte mich bequem hin und fragte ihn, was er die ganze Zeit über so getrieben hatte, in der Hoffnung, ich könnte damit die analoge Frage von seiner Seite hinauszögern. Ich hätte ihm darauf von meiner Arbeit erzählen müssen (mit meinem Privatleben sieht es bislang eher mau aus), und mit meiner beruflichen Position mag ich nun mal nicht angeben – obwohl ich durchaus Anlass dazu hätte, ich bin nämlich kürzlich zum Chefprogrammierer und Teamleiter befördert worden. Überhaupt, wozu einen Neuankömmling mit den eigenen Erfolgen einschüchtern? Zumal er mich als Reaktion darauf womöglich bitten würde, ihm Geld zu leihen oder bei der Arbeitssuche zu helfen.

Doch es vergingen keine zwei Minuten, und ich erkannte, dass ich einen schweren taktischen Fehler gemacht hatte. Ich hätte doch besser daran getan, ihm von mir zu erzählen. Bobka schlürfte geräuschvoll an seinem Cappuccino und fing dann ganz unvermittelt an, von seiner Frau zu reden, die er kurz vor seiner Abreise nach Amerika verlassen hatte. Seinen Worten nach war sie ein wahrer Engel, nur ohne Flügel, und er konnte sich nicht verzeihen, dass er sich von ihr getrennt hatte. Ich wollte ihm schon mitfühlend auf die Schulter klopfen und irgendetwas Tröstliches sagen – was genau, hatte ich mir allerdings noch nicht überlegt – und uns vielleicht sogar irgendetwas Hochprozentiges zu trinken bestellen, aber er ging plötzlich dazu über, Episoden aus seinem Eheleben zu schildern, und zwar mit einer derartigen, ich würde sagen, pathologischen Offenherzigkeit, dass es mir schon Leid tat, dass ich die Sprache darauf gebracht hatte. Obwohl, andererseits, worüber sollen sich Leute, die sich seit fünfzehn Jahren nicht gesehen haben, schon groß unterhalten? Über die Vergangenheit, worüber sonst?

»Meine Frau war eine Schönheit«, erzählte Bobka mit seiner dumpfen Stimme, »ein gescheites Mädchen, mit gleichmäßigem Teint, hellbraunen Brustwarzen und pikant riechendem Kot. Eine wundervolle Hausfrau. Und so reinlich! Dreimal am Tag wechselte sie ihre Unterhosen. Ob du's glaubst oder nicht: Nach jedem Pups, nach jedem Wind, nach jedem Furz steckt sie sich gleich eine Kamille in den Arsch. Und warum auch nicht? Soll das Pflänzchen ruhig wachsen. Na sag selber, wie kann man so eine verlassen?«

An dieser Stelle beschloss ich, das Thema zu wechseln: »Sag mal, und dass du hier bist, wie kommt das eigentlich? Soweit ich mich erinnere, hattest du doch gar nicht vor auszuwandern?«, aber er überhörte meine Frage und redete einfach weiter:

»Ich habe sie sehr geliebt. Sehr. Mit allem Möglichen habe ich in ihrer Möse rumgestochert, habe ihr mit meinem Glied den Gaumen gekitzelt, ihr auf den Bauch gepinkelt, ihr Gedichte vorgetragen. Sie war Reiseleiterin bei Intourist, ich machte ein Abendstudium an der Fachschule für Gastronomie und Lebensmitteltechnik – meinen Schulabschluss hatte ich doch noch irgendwie geschafft –, und tagsüber reparierte ich Primuskocher in einer kleinen Bude gleich am Eingang zum Markt. Mein Papachen hatten sie damals gerade hopsgenommen, wir waren ganz auf uns gestellt. Eines Tages im Sommer kam ich von der Arbeit nach Hause, stürzte mich mit einem Messer auf Wika (so hieß die Schwester meiner Frau) und brachte sie zufällig um. Was nun? In einer halben Stunde kommt meine Frau von der Arbeit, und die Leiche ist noch nicht weggeräumt. Ich wollte Tilla (so hieß meine Frau – ach, Tilla, Trulla, meine Zauberschatulla) keinen Kummer machen und tat also Folgendes: Die Leiche versteckte ich unter dem Bett, und das ganze Blut auf dem Teppich leckte ich sauber auf. Eine Viertelstunde hatte ich noch Zeit, und da ging es mit mir durch, ich kroch unters Bett und betrog dort meine Gattin mit der noch warmen Wika. ›Wika, sag doch Wika, liebst du mich denn wenigstens ein kleines bisschen?‹, wollte ich wissen, während ich mir zwischen den Beinen der Leiche zu schaffen machte.

Da erschien Tilla auf der Schwelle zum Schlafzimmer. ›Bobik, wo bist du?‹, fragte sie und ging ihrer Gewohnheit entsprechend daran, ihre Unterhose zu wechseln. Ich kam unter dem Bett hervor, kroch zu meiner Frau und begann unter allerlei Späßen, ihre fülligen Beine mit Küssen zu bedecken. Sie fasste an mein Glied, begriff auf der Stelle alles, gab mir eine Ohrfeige, wobei sie meine Nase traf, und krallte sich dann mit beiden Händen in meinen Haaren fest. Mit einem Wort, sie war außer sich. Meine Nase blutete schon, aber darum kümmerte ich mich nicht. Ich stülpte Tilla ihre Unterhose über den Kopf, stieß sie zu Boden und begann, ihr die Klitoris zu lecken und gleichzeitig an der Kamille zu schnuppern, die in ihrem Hintern steckte.

›Sie liebt mich, über alle Maßen, kann gar nicht von mir lassen, ein bisschen, ein wenig, oder gar nicht‹, zählte ich ab.

Am nächsten Morgen machte ich mich nach einem ausgiebigen Frühstück auf den Weg zur Arbeit in meine Bude. Tilla aber fragte, während sie sich eine frische Unterhose anzog, immer wieder Wika: ›Nein, nun sag du mir doch, warum musste ich bloß dieses Tier heiraten?‹ Wika schwieg taktvoll. Sie mischte sich überhaupt nicht gern in unsere Familienangelegenheiten ein ...«

»Moment mal!«, platzte ich dazwischen. »Hattest du Wika denn nicht umgebracht? Ich verstehe nur Bahnhof!«

»Wenn du mich ausreden lassen würdest, dann würdest du vielleicht mehr verstehen«, sagte Bobka überraschend heftig.

»Nein, im Ernst, erklär mir das mal: Erst hast du deine Schwägerin abgestochen, dann hast du mit der Leiche geschlafen, richtig? Und am nächsten Tag unterhält sich deine Frau in aller Seelenruhe mit ihr. Wie soll man das alles verstehen?«

»Du bist ein Trottel«, sagte Bobka, jetzt ernstlich verärgert. »Völlig verblödet in deinem stinkenden Amerika.«

»Pass auf, was du sagst, ja?«, bat ich, immer noch bemüht, Ruhe zu bewahren. »Und was hat das alles mit Amerika zu tun?«

»Da hast du Recht: gar nichts. Du warst auch in der Schule schon ein Holzkopf«, sagte Bobka dumpf, dann sah er sich kurz um, stand abrupt auf und ging mit Fäusten auf mich los.

Mir gefiel das alles überhaupt nicht, aber ich hatte keinerlei Bedürfnis, mich mit ihm anzulegen – er war einen ganzen Kopf größer als ich. Ich nahm meinen Mantel von der Stuhllehne, warf Geld für den Cappuccino auf den Tisch und rannte, ohne auf das Wechselgeld zu warten, aus dem Café, wobei ich meine Gutmütigkeit und Dummheit verwünschte.

Was zum Teufel hatte mich bloß geritten, mich mit ihm

zu treffen? Er hatte sich überhaupt nicht verändert in all der Zeit. Genauso ein Psychopath wie damals in der Schule. Was interessiert mich das denn, wie der Kot seiner Frau riecht und was aus ihrem Hintern wächst? Und angenommen, er hatte sich die ganze Geschichte vom ersten bis zum letzten Wort nur ausgedacht, wozu hatte er sie mir dann erzählt? Wollte er mich damit schockieren? Oder hatte er einfach denselben Minderwertigkeitskomplex wie alle, die erst seit kurzem im Westen sind und ständig fürchten, wir, die wir schon lange hier leben, könnten vor ihnen den großen Macker spielen? Vielleicht hatte Bobka deswegen beschlossen, mich gleich als Erstes mit seiner idiotischen Geschichte aus der Fassung zu bringen? Aber vielleicht war es auch die reine Wahrheit, was er mir erzählt hatte? Nur warum hatte er dann so heftig auf meine Frage nach Wika reagiert und sich sogar mit mir prügeln wollen?

Leider werde ich auf keine diese Fragen mehr eine befriedigende Antwort bekommen. Mein Treffen mit Bobka sollte das letzte bleiben. Ein halbes Jahr später erfuhr ich zufällig, dass Boris Perelmuter Selbstmord begangen hatte, er hatte sich aus dem siebten Stock eines Wohnhauses gegenüber dem Tierpark in der Bronx gestürzt. Seinen Nachbarn zufolge hatte er, bevor er hinuntersprang, lange mit den Armen in der frostigen Luft herumgefuchtelt – irgendwer glaubte sogar, er mache Gymnastik –, er hatte jemanden der Taubheit und Unmenschlichkeit beschuldigt und irgendein unsichtbares Gegenüber davon zu überzeugen versucht, dass es ihn, Bobka, gab, die anderen, diese Fettsäcke, die gab es nicht, aber ihn gab es sehr wohl, und wie! Die Nachbarn, die sich unten vor dem Hauseingang drängten, redeten ihm zu, mit dem Blödsinn aufzuhören und nicht alle Leute aufzuwecken (es war nach Mitternacht), aber statt eine Antwort darauf zu geben, brach er in wildes Gelächter aus, sprang mit einem Satz über das Balkongeländer und schlug eine Sekunde später dröhnend auf dem Asphalt auf. Er starb im Krankenhaus, ohne noch einmal zu Bewusstsein zu kommen.

BERELES JUGEND
(Jüdische Melodie)

Berele, der Zeichner, das war vielleicht ein Witzbold. Sechs Tage am Stück konnte der mit Witzereißen zubringen. Pintschik lag buchstäblich am Boden vor Lachen bei seinen Witzen. Ungelogen. Berele hegte eine Vorliebe für Sadomasochismus. Wir haben alle unsere Eigenheiten, nicht? Pintschik zum Beispiel vergriff sich an kleinen Papageien. Das war überhaupt zum Totlachen.

Vor einiger Zeit hat Pintschik einmal Dodik kondoliert. Dodik war ein Gangster mit nur einem Arm. Operiert hatte ihn Doktor J. persönlich – eine Koryphäe, einer der besten Chirurgen der Stadt, intelligent, kultiviert. Die Operation verlief ziemlich erfolgreich. Berele erbte Dodiks Sakkos. Dodiks Sakkos: sein zweireihiges, seidengefüttertes Cordsakko, das er sich aus der ČSSR mitgebracht hatte, sein Clubsakko mit den Goldknöpfen, das er bei Adik in der Passage hatte machen lassen. Adik ist vor kurzem an einer Blutvergiftung gestorben. Anlässlich seines Todes hat Pintschik Dodik kondoliert. Dodik war dieser Gangster, dem ein Arm – der von J. amputierte – fehlte. Der Arm liegt jetzt in Israel, in einer Schönheitsklinik. Dodiks Schwiegervater ist neuerdings auch dort. Er ist so weit ganz zufrieden. Sie beziehen Unterstützung, die Enkel lernen Iwrit. Berele, der Zeichner, ist auch sehr zufrieden. Er hat eine eigene Werkstatt aufgemacht, dort nähen sie Westen. Er sagt immer: Profitgier ist mir fremd, aber von irgendwas muss man ja leben. Pintschik liegt am Boden vor Lachen bei seinen Witzen. Selber vergreift er sich an kleinen Papageien, dieser Vollschmock. Papageien! Ljowas Frau reicht ihm anscheinend nicht.

Der Chirurg J. hat kürzlich einen Erotiksalon mit sieben Kabinen eröffnet. Den bewachen Dodiks Jungs. Dodik hat sich seinerzeit einen Namen gemacht, als er mit seinem Behinderten-Mercedes in einen Haufen von Schkaftschiks Idioten gerast ist, die vor dem Hotel *Krasnaja* standen und darauf warteten, dass Berele Ljowa umlegt. Danach war bloß noch ein nasser Fleck von ihnen übrig. Pintschik kam derweil gerade aus dem Zoogeschäft zurück, mit seiner neuen Flamme im Käfig. Da ließ Berele Ljowa kurz in Ruhe und rief aus dem zweiten Stock herunter seinen Lieblingsgag: »Aber tu ihm nicht weh, Pintschik!« Wir haben uns alle gekugelt vor Lachen. Pintschik drohte ihm mit der Faust. Im selben Moment kam Ljowas Frau beim *Krasnaja* an. Völlig außer sich. Sie war kurz davor in Amerika gewesen und hatte ordentlich eingekauft. Ihr Bruder war dick im Benzingeschäft drüben. Sie suchte Ljowa.

»Ist er bei dir?«, rief sie Pintschik, pardon, ich meine Berele zu.

»Nicht mehr!«, antwortete Berele und machte eine vage Handbewegung.

Mir ist gleich Dodik eingefallen dabei. Wenn der diese Szene gesehen hätte, hätte er garantiert am Boden gelegen vor Lachen, ich schwöre bei meiner Gesundheit!

Und da kommt Berele auf die Straße, in einem dieser Sakkos von Dodik, das der sich bei Adik hat machen lassen. Er geht auf uns zu und grinst schon im Voraus über seinen nächsten Witz. Wir sind gespannt, was jetzt wieder kommt.

Damals dachten wir, diese Zeit würde nie zu Ende gehen.

Ist sie ja auch nicht, nur mit Ljowa war Schluss. Was muss der auch das Maul so aufreißen. Ljowas Frau geht es bestens. Sie ist jetzt auch im Benzingeschäft, zusammen mit ihrem Bruder. Genauer gesagt, ihr Bruder sitzt zurzeit im Knast, und das Benzingeschäft schmeißt sie mit mir. Sie hilft Berele viel. Dem hat Dodik neulich die Werkstatt angezündet. Es war wirklich eine Kleinigkeit, wegen der sie sich in die Haare gekriegt haben: Berele hat Dodik einen Cervantes genannt. So was Dummes, er wusste doch, dass Dodik für solche Scherze nichts übrig hat.

LAKMUS UNTERM OMNIBUS

Diese Geschichte beginnt etwas ungewöhnlich, obwohl ihr Ende recht mittelmäßig zu werden verspricht, ein alltägliches Ende, wie es viele gibt, ohne den Anspruch, besonders skandalträchtig oder Schwindel erregend zu sein. Nüchtern und grau wird ihr Ende, ohne Feuerwerk, Raketen und Knaller. Und mit diesem Ende wollen wir auch beginnen (das habe ich mir gerade eben auf halber Strecke anders überlegt) und dafür das tatsächliche Ende in hellen Farben und nach Möglichkeit überraschend gestalten, so, wie wir es ursprünglich für den Anfang vorhatten. Also, am Ende unserer Geschichte (das heißt jetzt also am Anfang) legt, vielmehr stürzt sich ihr Held, Richard Lakmus jun. war sein Name, vor die Räder eines Omnibusses, genauer gesagt, eines Pferdebusses, denn Omnibusse gab es damals noch nicht einmal ansatzweise, es gab Pferdebusse und Pferdebahnen, und Henry Ford fing eben erst an, ein bisschen über sein T-Modell nachzudenken, das bereits 1920 – wir erlauben uns, das dem Leser ins Gedächtnis zu rufen – fast im Minutentakt aus den Toren des Ford-Werks in Highland Park rollen und mit seinen schwarzen Kotflügeln in der Sonne blitzen sollte.

Richard Lakmus! Die Musikliebhaber erinnern sich bis heute an seinen Namen. Debussy, Lakmus jun., Strawinsky und Chokoganopoulo, sie alle sind den Musikliebhabern in Erinnerung geblieben, der Letztere allerdings nicht im selben Maß wie die ersten drei, sondern bedeutend weniger (ein schwieriger Nachname). »Ach, Lakmus, Lakmus, untern Omnibus bist du geraten, welch ein Schlag, dich hab ich geliebt schon als kleines Mädchen, aber mit einer Leiche schlafen werd ich nicht, das sag ich dir!« – so klagt ein hübsches junges Mädchen um Lakmus, dreiundzwanzig ist sie vielleicht, und schon als kleines Mädchen hat sie ihn geliebt und sich nach seinen Konzerten in der Carnegie Hall, auf den Zehenspitzen balancierend, von ihm auf Mund, Hals und Handgelenke küssen lassen.

Lakmus zu ihr (schon aus dem Jenseits): »Wenn du nicht willst, dann eben nicht, ich will mich schließlich nicht aufdrängen. Ich träumte einen Traum vorm Tod, darin ich ... Und bin daraus erwacht in kaltem Schweiß. Erwacht bin ich und war sogleich erschöpft. Der Wind klingt wie ein Schlechtwetter-Register, er bläst und weht und singt und heult ...«

Helen, die Tochter des Handschuhmachers: »Oh, Lakmus mein, wie hab ich dich geliebt! Wie sucht ich deinen Blick, ach was, den Blick! Den ganzen Lakmus wollt ich, den nun gleich das Grab verschlingen wird, und weg ist er, perdu!«

Lakmus (trocken): »Ich weiß nicht. Was soll das Gerede. Mich gibt's nicht mehr, ich habe meine Glieder von mir geschleudert, untern Omnibus.«

Helen, die Tochter des Handschuhmachers: »Genug! Bin ich denn schlechter als die andern noch? Bin ich nicht schlanker doch? Fließt üppiger mein Schweiß? Macht mein Stöhnen dich nicht heiß? Ich hab keine Ruh, eh ich das nicht weiß!«

Lakmus: »Mich gibt's nicht mehr, schon schwinde ich. Man gräbt mich ein unter Gesang. Such dir einen anderen. Der statt meiner dich liebt dein Leben lang.«

Helen, die Tochter des Handschuhmachers: »Wie kalt es ist! Und der Wind heult wie ein Schlechtwetter-Register, das ist ein guter Vergleich, den er da gefunden hat. Ich sollte langsam mal gehen, aber leider kann man nicht gehen bei so was. Ich habe versucht, wegzugehen, aber wohin soll man bei so was schon gehen? Es geht nicht, ich habe es selbst versucht. Keine Chance. Man will gehen, aber man schafft es nicht. Ich habe es versucht. Und zwar mehr als einmal. Ich habe versucht, zu gehen, aber es ging nicht. Vielleicht sollte ich es noch einmal versuchen? Was riskiere ich schon? Schlimmstenfalls gehe ich eben doch wieder nicht ...«

Lakmus (selbstvergessen, dümmlich): »La donna è mobile, un automobile, rast mit Vollgas dahin, hat nur Tanzen im Sinn, la-laa-la-la-la-la!«

Dagegen wird das Ende der Geschichte, das heißt jetzt also nicht mehr ihr Ende, sondern ihr Anfang, wie ganz zu Beginn versprochen, recht mittelmäßig ausfallen: Lakmus und Helen werden im Wohnzimmer sitzen und Tee trinken. Er wird ihr sein neues Menuett vorpfeifen, sie wird ihm lauschen und dabei lächeln, oder sogar eher lachen als lächeln, er wird zerstreut (Komponisten sind sehr zerstreute Menschen) einen Silberlöffel in seine Brusttasche stecken und gleich darauf merken, was er da tut, und in Verwirrung geraten ... Oh, wenn Helen wüsste, dass Richard Lakmus jun. drei Tage später das Zeitliche segnen wird! Doch leider wissen die Sterblichen nichts von der Zukunft. Wir schon, wir sind die Einzigen ...

Warum aber, so werden Sie fragen, hat der Komponist Lakmus beschlossen, seinem Leben ein Ende zu setzen? Er war doch gerade erst 36, hatte die Gunst eines bezaubernden Geschöpfs gewonnen, sein Talent war voll erblüht und sein Ruhm am Zenit. Und warum, frage ich Sie, sind Rimbaud, Bizet und Lika Sidelkina so früh aus dem Leben geschieden, und zwar gleichfalls am Zenit und voll erblüht? War es nicht vielleicht aus demselben Grund, den Helens Vater, der Handschuhmacher – allerdings bei einer anderen Gelegenheit –, einmal so formuliert hat: »Sie müssen in Gottes Namen schon entschuldigen, aber mit dieser Größe, die Sie haben, werden Sie weit öfter frieren als andere Kunden«?

»Bumm! Ratatamm! Buuummm! Peng!« In Highland Park gibt es ein grandioses Feuerwerk aus Anlass der Fertigstellung des ersten Ford-Automobils, des neuen T-Modells. Da rollt es auch schon aus dem Werktor hervor und blitzt mit seinen schwarzen Kotflügeln in der Sonne.

OLEG, MILA UND ICH, UND HONOLULU UND DER KOREANER

(Ein Leben)

Ein Mädchen mit üppigem Busen und temperamentvollem Gang ballte die kleinen Fäuste und beschloss zu heiraten. Warum nicht, Heiraten ist eine feine Sache. Sie machte eine Ausbildung am Intravenösen Institut, es war ihr zweites Jahr, und als sie Oleg und mich entdeckte, hustete sie reflexartig. Oleg war damals bissig, da war ich schon gutmütiger und umgänglicher. Äußerlich konnte man uns nicht unterscheiden, vom Charme einmal abgesehen, aber wie gesagt, das Mädchen mit dem üppigen Busen und dem temperamentvollen Gang hatte seine kleinen Fäuste fest geballt und beschlossen zu heiraten. Warum nicht, Heiraten ist eine feine Sache. Damals, vielleicht erinnern Sie sich, heiratete alle Welt wie bescheuert Krankenschwestern. Kein Wunder: Erstens standen die Chancen da sehr gut, und zweitens bleibt eine Krankenschwester auch in Honolulu eine Krankenschwester. Oleg, das wissen Sie ja, träumte damals Tag und Nacht von Honolulu. Er studierte die Karten, die Topographie, die Cocktails, die sie da unten haben, die Sprache, die Tänze – er wollte im Voraus eine lückenlose Vorstellung von Honolulu haben, um dann bei seiner Ankunft in diesem Honolulu ... ach, was rede ich denn, nicht in Honolulu natürlich, das habe ich durcheinander gebracht –, ich hatte gesagt, eine Krankenschwester bleibt auch in Honolulu eine Krankenschwester, und schon rase ich weiter, ich Blödmann, im gestreckten Schweinsgalopp nach Honolulu, dabei hat Oleg überhaupt von keinem Honolulu geträumt, sondern vielmehr vom Bundesstaat Georgia. Er hatte ein Lied drauf über Georgia, zwei sogar, er kannte die Namen der letzten drei Präsidenten der Firma Coca-Cola, deren Hauptsitz sich, wie Sie wissen, in Atlanta (Georgia) befindet, und so weiter und so fort. Kurz und gut, einmal sitzen wir also auf dem Boulevard und klimpern allen möglichen Quatsch auf unseren Gitarren, da sehen wir plötzlich drei Jungs, zwei davon kannte ich vom Sehen, der eine hatte Verwandte im Ausland und Klamotten – von solchen Klamotten können Sie bloß träumen. Obwohl, ich bin selbst ins Stocken gekommen beim Niederschreiben dieser Worte. Genauer gesagt, ich musste husten. Wie diese Mila aus dem Intravenösen Institut. Reflexartig. Das sind sie, die Früchte der hochgradigen Spezialisierung. Intravenös, ich bitte Sie, was denn noch alles! Spritzen geben – jederzeit und wohin Sie wollen, aber wenn es darum geht, sagen wir, einen Verband anzulegen? Oder eine Kompresse? Mila trug auch Schlaghosen. Ein resolutes Mädel. Von Oleg, der letztes Jahr unter ziemlich sonderbaren Umständen ums Leben gekommen ist (ich persönlich glaube, bei dem Unfall hat jemand nachgeholfen), hat sie zwei Kinder, die Ältere macht schon ihren College-Abschluss. Und alles alleine, alles aus eigener Kraft. Heutzutage soll ja alles möglichst schnell und ohne große Anstrengung gehen, sich anstrengen ist nicht mehr modern. Gib schon, mach schon, alle wollen immerzu irgendwas. Nur einer der drei hatte seine Klamotten aus Geschenkpaketen, die anderen beiden legten mir

Steine in den Weg, sie konnten mich nicht leiden, das ist völlig klar – es gibt ja Dinge, die mit der Zeit deutlicher werden, und andere werden undeutlicher, allerdings ist jetzt auch die Mode anders und die Cocktails – die Zeiten haben sich geändert, die Zeitrechnung, die Gesetze, das Tempo. Ich verlange von niemandem etwas (von wem auch?), außer Respekt, und selbst das nicht so sehr für mich, sondern für das Andenken des Verstorbenen. Die letzte Pflicht, Sie verstehen. Die Schlaghosen waren eben dabei, wieder modern zu werden, vor fünf Jahren etwa, da macht Mila mir so eine durchsichtige Anspielung: »Na gut, natürlich kann ich mir diese Schlaghosen von Ferré für vierhundert Dollar kaufen, aber in einem Jahr trägt die doch kein Mensch mehr, und dann stehe ich damit da wie die letzte blöde Kuh.« Und ich schaue sie an und schaue, und wie ich sie so anschaue, denke ich: Und wenn sie damals mich, wenn sie mich geheiratet hätte, wäre ich dann etwa auch tödlich verunglückt? Nein, das ist dummes Zeug. Und dann denke ich noch: ... Mila ... Und wälze mich herum und kann nicht einschlafen. Mila trifft sich mit einem Koreaner, er ist Manager in einem Coca-Cola-Werk. Um ihn auf sich aufmerksam zu machen, hat sie zehn Minuten lang gehustet, reflexartig, bis er ihr endlich ein Glas Wasser angeboten hat. Ein Glas! Dann nahm er sie am Arm und brachte sie bis zur Aufzugtür. Bald gehen sie womöglich essen in dem Restaurant, wo Oleg früher gearbeitet hat.

Honolulu, dass ich nicht lache! Sie könnte selbst mal ein bisschen Röntgen vertragen, diese Mila.

GEDANKEN VOM KRIEG

Die Gedanken kamen im Schlaf zu ihm, denn es gab sonst niemanden, zu dem sie kommen konnten.

Er wachte sogar auf, um sie zu niederzuschreiben.

Jemand salutierte schneidig und ging hinaus.

»Wo willst du hin?«, fragte sie beleidigt.

Wie überträgt sich Bewegung in Laute?

Und wie tragen Möbelpacker ein Klavier?

Der Mechanismus ist derselbe: bloß nicht den Fußboden zerkratzen.

Zufällig fallen gelassen – ein Laut.

Zufällig aufgefangen – eine Bewegung.

»Aus Versehen?«, fragte sie, schon wieder beleidigt.

Zufällig gesehen und Lust bekommen, aber da ist es schon zu spät. Früher schien es dir unvorstellbar, dass es einmal zu spät sein könnte. Jetzt weißt du: Das kann es. Zu spät – höchste Zeit also.

Von wem stammt dieser Monolog? Das heißt, was ist der Sprecher von Beruf? Das, was er als Kind werden wollte, wenn er groß sein würde? Wahrscheinlich ja, doch. Es gibt ja nichts anderes. Und auch dafür muss man noch dankbar sein.

Und wie alt ist er, seit wann ist er hier, wie ist er angezogen? Alt, so viel ist schon klar, ist er knapp vierzig Jahre, hier – noch nicht sehr lange, und angezogen – aus irgendeinem Grund weiß.

Diese Gedanken kamen und gingen, und auf dem Papier blieben, wie das so üblich ist, ihre Spuren zurück.

Ist das denn nicht er? Wir werden sehen, das heißt, wir werden darüber nachdenken.

Und genau so war es dann auch.

Schreiben Sie: »Ein unwillkürliches Beben lief über alle Gesichter, außer meinem, außer meinem, außer meinem. Mein Gesicht bewahrte seine vorkriegszeitliche Gelassenheit. I-i-i-i – selbst die Fensterscheiben erbebten unter dieser Schallwelle, von der man nicht wusste, woher sie kam. So begann der Atomkrieg. Drei Minuten später war er vorbei. Ausnahmslos alle waren tot. Die Fauna war tot, die Flora war tot, die Mikroorganismen waren tot, einfach alles war tot. Die Kunstwerke hatten schwer gelitten. Ein einziger Mensch war am Leben geblieben, und Sie erraten wahrscheinlich schon, wer. Nein, nicht ich. Überlebt hatte der Held meiner Erzählung, und das kommt mir sehr gelegen – mit apokalyptischen Landschaften nach der Schlacht kann ich nämlich nicht so viel anfangen, ich bin kein Meister der einsamen Sonnenuntergänge usw. Schwach ist meine Feder: Sie kriecht auch so schon nur mit Mühe von links nach rechts, und wenn sie bis zum Ende der Seite gekrochen ist, bleibt sie stehen, ruht sich fünf Minuten aus, und weiter geht's, von vorn. Ist das vielleicht ein Leben? »Nein, das ist kein Leben«, würde der Held meiner Erzählung sagen und in Gedanken versinken. Mit wem soll er sich denn auch unterhalten? Mit den Felsen vielleicht? Mit den Gerüchen? Mit den Trümmern der Alexandersäule? Und trotzdem beschließt er zu leben. Allein. Es fehlt ihm ja nichts, oder? Zu futtern gibt es massig, Geld braucht er nicht, er braucht gar nichts. Er kann machen, wozu er Lust hat. Schreiben nach Herzenslust, lesen nach Herzenslust, spazieren gehen nach Herzenslust, malen nach Herzenslust, singen nach Herzenslust, tanzen nach Herzenslust, stehlen – bei wem denn?, ernten nach Herzenslust, säen – von wegen Herzenslust, bewässern – bewässer doch selber, sammeln – keine Lust mehr, zählen – wozu?, lieben – wen denn?, fotografieren – ist doch schon alles fotografiert, schwimmen – keine Lust in dieser Brühe, tauchen nach Herzenslust, sonnenbaden nach Herzenslust, Gymnastik machen – überhaupt keine Lust, joggen am Morgen – ich bin doch nicht krank, ein Schriftstellertagebuch führen – keine Lust, sich für Tischtennis begeistern – keine Lust, Billard spielen in verrauchten Billardsalons – ich rauche nicht, Briefmarken sammeln – keine Lust. Kurz – keine Lust zu gar nichts. Und hier wurde meinem Helden – ach ja, beinahe hätte ich's vergessen: Schach spielen nach Herzenslust –, und hier wurde meinem Helden klar, dass er absolut gar nichts tun wollte, mehr noch: dass er nichts tun durfte. Und das war die absolute Freiheit, und das war gut, etwas langweilig, aber gut.« Haben Sie das?

TOTE DÜNUNG

»Nein, also dass die Informationen aus der Wirtschaft im 20. Jahrhundert eine ebenso wichtige Rolle spielen wie die aus Militär und Diplomatie, das kann man wahrhaftig schwer bestreiten«, so unterhielt uns unser Gastgeber – ein gutmütiger, dicker Mann in einem seidenen Hausmantel mit Quasten. Kurz- und breitbeinig stand er in der Mitte des Wohnzimmers und paffte eine wohlriechende kleine Zigarre. Ich war bis über beide Ohren in seine zwanzigjährige Tochter verliebt, versuchte aber auf jede nur mögliche Art, meine Gefühle vor ihr zu verbergen. Sie saß am Kamin, die Garstige. Ihre Wangen glühten. Ich entschloss mich, sie mit einem Gespräch zu zerstreuen.

»Wissen Sie eigentlich, Klawdija«, begann ich nach einem Räuspern, »dass der Schriftsteller Lew Wenjaminowitsch Nikulin, der übrigens aus Ihrer Heimatstadt Shitomir stammt, Lenin schon auf einer der ersten Seiten seiner *Toten Dünung* den ›Steuermann‹ nennt?«

»Was Sie nicht sagen!« In das Mädchen kam Leben. »Und ich habe gestern einen Toten im Hof gesehen.«

»Das ist doch nicht wahr, Klawdija«, sagte ich stirnrunzelnd. Es verdross mich, dass das Objekt meiner Liebe schon wieder das Gespräch auf Nebensächlichkeiten lenkte.

»Doch, doch! Er war schon halb verwest und stank

furchtbar. In seinem Zipfelchen wimmelten die Würmer, und sein halber Hintern war schon abgefressen.«

»Klawdija!«, fuhr ihr Vater sie an. »Ein junges Mädchen spricht nicht über derlei Dinge.«

»Ein Mädchen vielleicht nicht, aber ich …«, entgegnete Klawdija mit einem feinen Lächeln.

Diese Worte trafen mich. Ich hatte geglaubt, Klawdija sei noch unschuldig.

»Klawdija!«, erhob ihr Vater wiederum die Stimme. »Meinst du wirklich, wir sind so brennend interessiert an deinen …«

Da klopfte es an der Tür, und der Hausherr beeilte sich, den letzten Gast einzulassen. Es war ein Mann von etwa sechsundzwanzig Jahren, mit blassem Gesicht, blondem Haar und lachenden grauen Augen. Klawdija sprang rasch von ihrem Platz auf, fiel ihm um den Hals und küsste ihn. In diesem Moment zog einer der Gäste, den ich für einen entfernten Verwandten des Gastgebers hielt, meine Aufmerksamkeit auf sich. Bis zum Eintreten des jungen Mannes hatte er mit eher unbeteiligter Miene Klawdijas Vater zugehört. Kaum jedoch hatte der neue Gast neben Klawdija Platz genommen, da verwandelte sich das Gesicht des entfernten Verwandten völlig. Er streckte eine schwarze, glänzende, etwa drei Finger lange, einen Finger breite und einen halben Finger hohe Schachtel aus dem Mund hervor und sprühte damit lila-grüne und leuchtend rote Funken; aus seinen Ohren quoll plötzlich Schaum; seine Beine zogen sich ganz von selbst in die Länge und schlangen sich um den Rumpf des jungen Mannes; auf dem Rücken wuchsen ihm drei Flügel; sein Kopf trennte sich auf unerklärliche Weise vom Hals und fing an, sich schnell um sich selbst zu drehen, während sein Körper rauchig wurde. Ohne lange nachzudenken, stürzte ich aus dem Zimmer. Und daran tat ich gut. Denn dieser Gast war der Satan. Nicht irgendein kleiner Opernteufel mit Trikot und Rassel, sondern der leibhaftige Satan, der Inbegriff des Absoluten Bösen, der Geist der Zerstörung, die Verkörperung des Universalen Chaos, des Negativen.

Er hatte dem Vater des Objekts meiner Begierden einen Besuch abgestattet, weil er schon seit langem hinter dem bewussten jungen Mann her war, der zuletzt erschienen war. Der junge Mann war ein großer Schauspieler und folglich ein Rivale des Teufels, welcher übrigens mit dem Hausherrn nicht im Geringsten verwandt war und auch gar nicht sein konnte. Er war es auch gewesen, der Klawdija dazu angestiftet hatte, von dem Toten zu sprechen, den sie angeblich am Vortag jenes unheilvollen Abends gesehen hatte.

Drei Tage darauf war ich erneut auf einem Empfang bei Klawdijas Vater. Niemand erwähnte die unangenehme Episode. Klawdija war wie immer betörend. Ihr Vater unterhielt uns wieder mit allerlei Geschichten aus der Welt der internationalen Industriespionage. Und nur die verkohlte Leiche des jungen Schauspielers, die in demselben Sessel ruhte, wo drei Tage zuvor der Geist der Zerstörung gesessen hatte, erinnerte an die geschehene Tragödie.

»Klawdija«, wandte ich mich an das junge Mädchen, in der Hoffnung, schließlich doch noch ihre Gunst zu gewinnen.

»Ja bitte«, antwortete sie kalt.

»Wissen Sie eigentlich, Klawdija, dass der Vater ihres Landsmannes Lew Wenjaminowitsch Nikulin ein Mann des Theaters war?«

»Wie der verstorbene Stanislaw?«, erwiderte sie mit einem Nicken in Richtung des verkohlten Schauspielers.

Und da wurde mir schlagartig alles klar: sowohl dieses Schwanken als auch das Rascheln ihres leichten Kleidchens als auch der kaum merkliche Schweißgeruch, der von ihren Achseln ausging, die Befangenheit, mit der sie mich von der Seite ansah, und wie sie sich auf die Lippen biss und sich wieder und wieder nach Stanislaw umwandte, und die türkisblaue Farbe des Hausmantels ihres Vaters, und nicht nur seines Hausmantels, sondern auch des Teeservices für zwölf Personen hinter dem Glas des Geschirrschranks, und die heisere Stimme von Bob Dylan, der davon sang, dass der Mensch vor vielen Jahren allen Tieren Namen gegeben hatte, und das plötzliche Ende dieses Lieds gerade an der Stelle, als etwas Kriechendes zwischen Bäumen am See verschwindet – all das deutete ganz unmissverständlich darauf hin, dass ich mich bemühen und anstrengen konnte, wie ich wollte, Klawdija mit meinen Geschichten aus dem Leben der Schriftsteller zu fesseln, dass ich ein noch so häufiger Gast in ihrem Haus sein und ihr Vater mich mit noch so teuren Weinen bewirten mochte ...

DIE SCHWESTER

Andrzej lag da mit gebrochener Hüfte, ohne Bewusstsein, ohne Liebe. Der Schmerz war seine Frau. Brennender Schmerz, gelber Schmerz. Der gebrannte Kork der Verzweiflung.

Sarra trommelte mit den Fingern gegen die kalte Fensterscheibe und versuchte, den Gedanken, dass ihre Gefühle vielleicht nicht erwidert wurden, zu vertreiben wie einen Spuk; gestern war es genauso. Nicht wegen der Schwester, das kann nicht sein. Kann nicht und wird nicht. Ich selbst modelliere die Zukunft, ich sende Signale über mich in die Welt. Sie kommen an, werden gegengezeichnet, ich werde erwachsen, werde eine andere.

Sarra ist naiv. Die Zukunft modelliere ich. Andrzej hat sie geliebt, er hat ihren Körper geatmet, ein und aus, sehnsüchtig seufzend. Listig lag längelang, auf den Boden geklatscht. So hat man ihn gefunden. Sarra wusste nichts von dem Unfall, sie wusste nichts. Woher auch? Zwischen ihnen waren doch Leute, ein Waggon voller Verwandter. Frank, Andrzej und dann dieser andere, der Bildhauer, er hatte ihr noch Feuer gegeben. Andrzej Listig in der Hauptrolle, das darf man gar nicht laut sagen, ausgelacht und abgekanzelt wird man dafür. Neidisch sind sie. Das hat er nun davon, es gibt doch eine Gerechtigkeit.

Sie rückte ihrem bewusstlosen Geliebten das Kopfkissen zurecht, löschte das Licht, schlüpfte aus dem Zimmer.

Sie trat vor den Spiegel und zog ihre Pelzjacke an. Der Schnee war fast geschmolzen, die Straßenbahn quietschte, bog um die Ecke, ließ Öl auf die Gleisschwellen tröpfeln. Nach saurem Wein roch die Luft auf dem Platz, nach Wein und Inkontinenz und leichtfertig dahingesagten Worten.

»Wie soll man dem Leben nicht böse sein, wie sich abfinden damit, dass man einsam und verlassen und zu nichts nütze ist?«, überlegte Sarra, eine rassige Blondine mit einem heiseren, verruchten Lachen. »Ein brachliegender Beckenboden, wenn das nicht grausam ist mit grade mal Anfang dreißig!«

In der Nacht wachte Andrzej auf, er rief nach der Schwester. Fluchend trat ich ins Zimmer. Ich legte mich zu ihm, steckte ihm zwei Finger in den Mund. Andrzej stöhnte leise auf. Er ist der Vater meines Kindes. Die Welt ist klein.

Einatmen, ausatmen, und wieder ein, und aus, und so die ganze Nacht.

COUSINE SINA UND DER LEUTNANT

Cousine Sina wurde früh Witwe. Irgendwas (aber was?) knapp über dreißig war sie, ist das nicht eine Tragödie? Ist es nicht. Cousine Sina heiratete einen leicht hinkenden Leutnant, aus Liebe, aus Liebe zu seiner Uniform. Gut sah er aus, der leicht hinkende Leutnant, stramm war er und sauber rasiert. Vom Standesamt gingen sie direktemang ins Café, bestellten Schinkenbrote und etwas zu trinken, alle riefen »Küssen, küssen!«, der Leutnant trank sich einen Rausch an, und wo getrunken wird, wird auch verschüttet und verprügelt, und zwar tüchtig: bis das erste Blut fließt und das zweite. Und die Jugend tanzt einen Boston dazu ...

Cousine Sina wurde früh Witwe, früher geht es gar nicht: noch in der Hochzeitsnacht, ach was, von wegen Nacht! – noch früher: Cousine S. wurde noch im Café Witwe, umgelegt haben sie den Leutnant gleich an Ort und Stelle, wenn man rauskommt, links, ein kleiner Hof ist da, ach ja, und ein Schild: »In unserem Haus gibt es keine Sitzenbleiber«, aber was interessierte sie das? Selbst wenn es lauter Einserschüler gewesen wären, davon kommt der Leutnant nicht zurück, stimmt's? Stimmt nicht: und ob er zurückkommt. Wenn man oft und innig betet, kommt der Leutnant ganz bestimmt zurück, und ihr werdet unzertrennlich sein, Cousina-sine. Nur glauben muss man daran, glauben, warten und lieben. Frag nicht, wem, auf wen und wen. Ob du wohl so viel Glauben hast, C. Sina, so viel Glauben, Geduld und Liebe?

Cousine Sina wurde früh Witwe. Sagen Sie ehrlich, haben Sie sie gesehen im Park? Auf Knien im Schnee, den Blick zu dem weißen Himmel über Moskau erhoben? Nein? Ich auch nicht.

MEIN WERTER VERWANDTER IN SPE

Den Toulouse nannte jetzt praktisch keiner mehr »Crème brûlée«, wie früher. Die Hautfarbe, verstehnSe, war nicht mehr ganz dieselbe. Jetz wurd er entweder »Archipytsch« tituliert oder »Arzybaschew, der Heizer«. Das Kroppzeug aus der Fabrik nannte ihn den »Orkan«, bei den Hartgesotteneren, die mehr zu sagen hatten, hieß er »Feuchter Kehricht«. Er war hinterlistig, dem Fitzmarschall hat er mal die Uhr geklaut an Ostern: riskant war das schon, aber er wollt umbedingt leben wien Mensch. Wie er das Ding verhökert auf dem Vogelmarkt, schnappt ihn ein Bulle – da kriegt er ganz böse Augen, stechende, klappert aber mit den Zähnen: »Aua, Onkel!«, ein Minderjähriger eben, was soll man mit so einem schon machen? Bei den Mädels hat er sich immer als mehrfacher Meister vorgestellt (gelogen), im Abfahrtsskilauf (dreimal gelogen, sein Lebtag hat der keine Berge gesehen), Alexander Rjabintschik. Rjabintschik? Tränen haben wir darüber gelacht, und sobald wir uns wieder eingekriegt hatten, haben wir ihn auf alle viere gestellt und ihm von hinten einen Denkzettel verpasst.

Neuerdings ist Seiner Majestät Toulouse schwer ums Herz, und es sticht. Im Bezirkskomitee des Komsomol haben sie ihm klar gemacht, wer er ist und weshalb, das ist ihm an die Nieren gegangen. »Ein kleiner Stinker also?«, fragt Archipytsch finster. »Genau, nicht unser Kaliber«, und dabei zeigen sie mit einem Kugelschreiber auf die Tür. Muss man das kommentieren? Ich glaube kaum. Inzwischen ist er wohl zahmer geworden, der »Kehricht«, zappelt nicht mehr sinnlos mit den Beinen, hat eine Arbeit als Monteur gefunden. Er ist so weit zufrieden, und auch über ihn hört man keine Klagen. Am Wochenende bügelt er sein gepunktetes Hemd, steigt in die reinseidenen Pantalons, streicht seine Zotteln mit Spucke glatt und flaniert im Kulturpark herum mit meiner Cousine K.

K.: »Bist du blöd? Das kitzelt!«

Toulouse: »War keine Absicht.«

K.: »Keine Absicht? Du machst mir Spaß, keine Absicht. Wir sind doch nicht allein hier.«

Toulouse: »Selber blöd, Klawka. Wenn ich dir sage, es war keine Absicht.«

UNVOLLENDETE ERZÄHLUNG

Ihr Name begann mit den letzten Regentropfen. Von den Bäumen fiel noch allerhand ekliges Zeug, aber sie hieß schon. Der Asphalt trocknete schon. Reifen rauschten darüber: schschsch. Und lauter solche Sachen.

Unser erstes Treffen lässt sich vom zweiten auf diese Entfernung nicht unterscheiden. Klein sehen wir beide aus, von hier aus betrachtet. Heute ist ihr Namenstag, deshalb denke ich daran. Sonst denke ich praktisch nie mehr daran.

Angefangen hatte das Ganze vor den Prüfungen. Damals passierte alles entweder vor den Prüfungen oder danach. Während passierte nichts – wir waren alle zu nervös.

Das ist noch mal eine Extra-Geschichte. Wie die gleichnamige Wurst: scheibchenweise. Natan und ich fingen fast gleichzeitig an, uns mit ihr zu treffen, sie war zwanzig, hatte braune Haut und einen schnellen Verstand.

Sie zog Natan zwar vor, doch Natan vermutete, dass sie mit mir schlief. Aja, so hieß sie. Zwischen Ajas Beinen führte ein griesgrämiger schwarzer Wuschelkopf ein Leben für sich. Ihr Name, als Frage ausgesprochen. Und die ewige Angst, zu kurz gekommen zu sein.

Auf dem Heimweg schwatzten Natan und ich, jeder in seiner Tonlage, aber irgendwie doch unisono, das Folgende:

»Und dann der Strumpfgürtel, und dann der Po, hin und her. Klasse Mädchen.«

»Ich höre lieber Musik«, (heuchelte ich,) »das gibt mir mehr.«

»Klavier spielen kann sie auch.«

»Vor allem Jazz. Und Klassik.«

»Hör mir bloß auf. Kannst du mit deiner Musik vielleicht Kinder machen, deine Gene weiterverbreiten, wie soll das denn gehen?«

»Bach zum Beispiel. Das Wohltemperierte. Und dazu ein Bierchen.«

»Ästhet. Weißt du, an was mir dein Bach vorbeigeht?«

»Na an was?«

»Eben.«

»An was denn, sag doch?«

»An dem hier.«

»Primitivling, erbärmlicher!«

»Dein Johann Sebastian hatte 20 wohltemperierte Sprösslinge. Was sagt du dazu?«

»Der war ja auch ein Genie, ein Schöpfer.«

Ich heuchelte. Es war nicht nur die Musik, sondern auch Aja, die mich damals ausfüllte. Und ich sie, etwas später.

»...«

»Weißt du, wer ihr Vater ist?«

»Nein.«

»Weißt du, wer ihr Alter ist?«

»Wer?«

»Weißt du, wer ihr Papachen ist?«

»Hm?«

»Weißt du, wer ihr Stiefvater ist?«

»Na wer?«

»Wer mit ihr ...?«

»Wer?«

»...«

»...«

»Mit ihr?«

»Genau.«

»Zum Teufel mit ihr.«

»Was?«

»Sie ist komisch, weißt du«, sagte ich zu Natan, »sie schenkt mir Blumen, Obst, Pfirsiche, Schokolade, flüstert mir irgendwas zu, und ich tue so, als würde ich eine andere lieben, dabei existiert diese andere ausschließlich in meinem Kopf. Wie Athene bei Zeus.«

»Wie kommt das bloß, wie geht das zu«, sang Natan und tanzte Natan, »die Frage lässt mir keine Ruh, die eine lieb ich zart und rein, zur andern, nicht wahr, bin ich hundsgemein ...«

Unter Natans Arm steckte ein Metallsiphon, aus dem er in gewissen Abständen einen dicken Wasserstrahl hervorschießen ließ, wobei er auf seinen Mund zielte, aber nicht traf. Auf sein Hemd traf Natan, in seinen Mund nicht. Den ganzen Sommer über wollte er seine Jungfräulichkeit verlieren, wusste aber nicht, wie man das am besten anstellt. Meinen ersten Geschlechtsverkehr habe ich bei Natan in der Küche gesehen. Er lud mich zu Hühnersuppe mit Grießklößchen ein, von seiner Mutter Beba Anatoljewna gekocht, und danach tranken wir eingekochten Quittensaft und sahen uns Schwarzweißfotos von kopulierenden jungen Menschen an. Die Bilder waren von belgischen Zeitschriften abfotografiert, die Qualität war miserabel. Doch mit etwas Anstrengung konnte man immerhin trübe, gelangweilte Frauen darauf erkennen, die mit froschartig gespreizten Beinen auf der Seite lagen, und im Hintergrund halb zerlaufene Männer. Verbunden waren die jungen Menschen durch kleine Zylinder von unterschiedlicher Länge und Breite. Das Gesehene weckte Unbehagen und Neugier. Am nächsten Tag ... kam es so, dass:

... Onkel Grischa, Natans Vater, der kurz zuvor einen Herzinfarkt gehabt hatte, die in einer Nudeldose deponierten Fotos fand, seinen Sohn in die Küche zitierte und anfing, ihm ausführlich zu erklären, dass all das sehr ungesund war, besonders in diesem Alter, dass es zu allgemeiner Schwäche und sogar zu Entwicklungsstörungen und Beeinträchtigungen der Intelligenz führen konnte. Besonders wichtig war Onkel Grischa die Sache mit der Intelligenz, er arbeitete als Ingenieur in der Sandalenabteilung einer Schuhfabrik und erwartete von Natan mindestens dasselbe. Das sagte er ihm auch so: »Ich bin nicht eher zufrieden, als bis ich einen guten Fertigungsingenieur aus dir gemacht habe, mein Sohn. Starr nicht so auf meine Venen.«

Aja und ich saßen auf dem Boulevard. Wir rauchten und küssten uns und umarmten uns. Es war dunkel. Wir sahen einander kaum. Aus den Mineralwasser-Automaten tropfte selbiges. Aber auch das sahen wir nicht. Ich wusste, Natan würde mir nicht verzeihen, wenn er das erführe. Und er hat es erfahren. Von Aja. Natan konnte man von vorne und von hinten lesen. Schmalspur-Palindrom! Und Aja und ich liebten uns schon seit drei Wochen. Und danach noch einmal drei Wochen. Eine sechs Wochen lange Liebe, im Sommer, nach den Prüfungen, kann es das geben oder nicht? Was meinst du, Natan?

»Klar kann es das, hat es doch auch, zwischen euch«, wird Natan sagen, nachdem er etwas älter und Fertigungsingenieur geworden ist, und hinzufügen: »Dreckskerl, ein Dreckskerl bist du ...« Er kann mir immer noch nicht verzeihen. Immer wollte er beweisen – und zwar häufig ex negativo –, dass er besser war als ich. Und wozu? Und worin? Wir sind doch alle in etwa gleich. Keiner ist besser als irgendein anderer, und schlechter auch nicht ...

... und als wir erfuhren, dass Onkel Grischa und Beba Anatoljewna Ende August bei einem Flugzeugabsturz umgekommen waren, sie waren mit einem Agrarflugzeug nach Kischinjow geflogen, zum Möbelkaufen, unbedingt hatten sie diesen rumänischen Vitrinenschrank und den kleinen Puff haben müssen, und am Ende ist das Leben viel komplizierter als noch das verwickeltste Konzept, in der bewussten Nudeldose lagen ja nicht nur die Fotos; irgendwie falschrum kommt alles heraus, d. h., das Leben stellt jedes Konzept auf den Kopf, noch das einfachste, und auch Sie, je weiter Sie lesen und je länger Sie hinsehen, erkennen allmählich etwas, nach und nach fallen Ihnen ähnliche Geschichten ein, aus dem vielleicht fremden und langweiligen, aber immerhin dem Leben von irgendwem, und Sie werden unsicher bei den Einzelheiten, und *Regentropfen fielen klatschend*, wie in einem bekannten alten Roman und um die Sache vollständig zu machen; das ist fast wie wenn man Sandalen herstellt, erst kommt die Skizze, dann das Modell, dann das Produkt, und dann eilt der pedikürte Kunde zum Tanz, aber vor allem braucht es die Nachfrage, und genauso mache ich es auch – erst war ich da, dann er, und erst am Schluss Aja, und wenngleich sowohl Natan als auch ich als auch sie, wir alle schon so gut wie weg sind, nicht mehr existieren, heißt das, d.h., ich will sagen, dass wir mit jedem vergangenen Ereignis ein bisschen weniger werden; Natan, verzeih mir, wenn du kannst natürlich nur, mit der Jungfräulichkeit ist das so eine Sache, das lässt sich nicht umkehren, verstehst du, damit muss man aufpassen, d.h., man kann sie nur in eine Richtung verlieren, in die andere Richtung ist das schon nicht mehr dasselbe, hörst du mich, Natan, ich rede mit dir, heute ist ihr Namenstag, deshalb denke ich daran, sonst denke ich praktisch nie daran Natan

IM NORDEN

Jeder Jäger wüsste gern, wo der Fasan sitzt. Auf die Art jagt sich's bequemer. Man will ja nicht ewig mit leerem Sack durchs Dickicht streifen wie ein ich weiß nicht was. Jeder Mann sollte eine Kiefer in die Welt setzen, ein Haus in den Sand, einen Sohn unter Druck. Es stirbt sich leichter auf die Art. Man will ja nicht nur so vor sich hin leben, ohne zu wissen, wozu. Kraft fühlen, Stärke fühlen, den Puls fühlen, den Herzschlag ganz nah, sich ausssgezeichnet fühlen. Ich liebe unbestreitbare Gedanken, und zwar weshalb? Wegen ihrer Unbestreitbarkeit mit zwei b. Wogegen.

Festgestellt, gelesen, beobachtet wurde: Eine Kerze mit zwei Dochten brennt schneller ab als nur mit einem Docht. Ob doppelt so schnell, weiß ich nicht, aber schneller jedenfalls, da können Sie sicher sein. Mit anderen Worten: Wer heller strahlt, brennt schneller aus. Keine neue Erkenntnis, aber eine unbestreitbare, und was die angeht, s. oben.

Auch ich, Leser, war einst, so Mnemosyne mich nicht mit anderen, heißblütigeren Autoren betrügt – eine Eigenart, die sie in den letzten Jahren angenommen hat –, ein schlanker Jüngling mit einem herausfordernden Lächeln auf den Lippen, und die Todestriller der Vögel, die sich in den Hochspannungsleitungen verfingen, galten mir allein. Und zwei, drei anderen vielleicht noch, doch die kannte ich beim Namen, ich verkehrte in ihren Häusern und verliebte mich in ihre jüngeren Schwestern. Hinter dem herausfordernden Lächeln verbarg ich unter anderem Folgendes:

Vor meinem Tod wollte ich noch meine Oma auf dem Friedhof finden. Doch die hatte sich unter der Erde versteckt, gerissen wie sie war. Nur einen Grabstein streckte sie nach draußen, wie einen Finger mit Spucke dran, sie wollte rauskriegen, ob ein Wind weht, und woher. Die Jahreszeit damals war schon Herbst, und es goss wie aus einem löchrigen Kübel. Und zwischen den Grabsteinen patschte ich herum wie ein Häschen, ganz durchnässt – meine Oma konnte ich nicht finden, und wenn ich mich gleich an Ort und Stelle erschossen und so am Transport zur letzten Ruhestätte ein bisschen gespart hätte. Ich war lange nicht bei der guten Alten gewesen und wusste nicht mehr, wo man sie hingetan hatte. So ging ich schließlich heim, ohne die Entschlafene besucht zu haben.

Nass bis auf die Haut und frierend. Thanksgiving bei strömendem Regen in einem kleinen Städtchen im Norden. Gestern rief das Mädchen N. an und wünschte frohes Fest. Ihre Stimme klang rasselnd. War sie heiser? Erkältet? Heiser wegen einer Erkältung, nehme ich an. Ein feines Mädchen ist diese N. Ich dachte, zum Weiterleben bestehe keine besondere Notwendigkeit mehr. Es sei nur eine Gewohnheit. Die Freudlosigkeit der Landschaft. Die kahlen Stecken der Bäume, daran Quecksilbertropfen.

Horizont gab es wenig, Perspektiven ebenfalls. Der einzige Antrieb war, ein Dach über dem Kopf zu haben, und selbst das war nicht mehr dicht.

»Ach was«, krächzte der alte Arzt und schaute über den Rand des Röntgenbilds hinweg, »es könnte bedeutend schlimmer sein.« Stimmt, die Blondine in dem Mazda hätte auch erst eine Sekunde später bremsen können ... Ich hatte mir nur den Ellbogen aufgeschürft und den Arm ausgerenkt ... Aber ums Leben gekommen wie geplant war ich nicht. Obwohl ich immerhin im Krankenhaus gelandet war. Ich versuchte, von dort abzuhauen, aber ein chinesischer Pfleger holte mich auf dem Flur ein und gab mir mit seinem Besen einen Klaps auf den Hintern. Ich lächelte nur schuldbewusst, gesagt habe ich nichts.

Dann erschien meine Frau, die ehemalige, sie brachte mir Bouillon mit und beklagte sich über das Leben. Mein Vater brachte mir Schokolade und beklagte sich über meine Mutter. Meine Mutter kam und brachte gleichfalls Bouillon. Wie viel Bouillon braucht der Mensch, ehe man ihn in Ruhe lässt? Dann drehte ich mich zur Wand und versuchte einzuschlafen ...

Ich träumte, die Trompeten seien verstummt, Schluss, aus. Nur ein junges Horn machte sich noch wichtig. Das Mädchen N. ging auf Wanderschaft. Ihre Platten waren schon eingepackt, allerdings nicht alle – nur die zwei liebsten und die sechs, die ihr intellektuell besonders nahe waren. Auf den Rest kam es nicht so an: Berg, Stockhausen, die Hymnen der Sowjetrepubliken, die Budjonowka ihres Vaters und ein Halstuch von Onkel Gleb, ihrem aufgeschwemmten Kavalier. Der jammerte auch: Das Geschäft war geplatzt, der Wald war sumpfig gewesen, finster, wie bei Dante, die Investoren rümpften die Nase …

Ihr Mädchen! (dachte ich, wieder erwacht). Meine Guten, wo seid ihr? Seid ihr etwa alle ertrunken? Das glaube ich nicht, es können doch nicht alle ertrunken sein. Also habt ihr eine nach der anderen geheiratet, ist es das? So sieht's aus. Ach, meine Feinen, ach, meine bei der leisesten Berührung Erschauernden …

Im Fernsehen, direkt unter der Zimmerdecke, wurde auf den Schauspieler Grant geschossen, von einer jungen Frau, die ihm nicht ganz gleichgültig war. Mit Platzpatronen, wie sich später herausstellte.

Auf dem Nachbarbett stöhnte ein Mensch.

»Du bist nicht wie alle«, sagte ich zu N. »Deine Brust wogt in einem ganz anderen Rhythmus.«

»Wenn ich erst von hier entlassen werde …«, dachte ich.

»Immer diese Extratouren. Es gibt doch Traditionen. Umbringen tut man sich zu Weihnachten«, scherzte mein Freund Michael, der mich besuchen gekommen war und – der Teufel soll ihn holen – Bouillon mitgebracht hatte.

»Sag mal, hat der nicht in *Lolita* mitgespielt?«, fragte Michael.

Ich antwortete nicht.

»Sag mal, hat der nicht in *Lolita* mitgespielt?«

Ich antwortete nicht.

»Paul, was ist los mit dir?«, schrie Michael.

Ich antwortete nicht.

Ich träumte von N. Wir waren allein, wir wussten, wo der Fasan sitzt, ich war in sie verliebt, und sie in mich auch, so ungefähr. Die Triller der Vögel, die sich in den Leitungen verfingen, galten uns allein.

Der Sommer ging auf sein Ende zu, weiter und weiter, kam aber aus irgendeinem Grund nie dort an.

DIE PROBE

Der Schriftsteller Lew Nikolajewitsch Kafka war ein furchtbarer Idiot. Angenommen, mit diesem Satz will jemand sein Verhältnis zu einer Realität ausdrücken, die es nicht gibt. Was ist eine Realität, die es nicht gibt? Das ist zunächst einmal die Realität, die es gibt, nur mit negativem Vorzeichen. Man steht zum Beispiel auf der Rolltreppe in der Metrostation »Alexandrowski sad« und fährt in eine Richtung mit positivem Vorzeichen, und dabei kommen einem entgegen: Studenten der MGU, eine junge Zootechnikerin, eine Gruppe angehender Geschäftsleute mit einem ganzen Koffer voller Strumpfhosen, und alle bewegen sich in negativer Richtung. Sie bilden, mit anderen Worten, einen Teil jener Menge, die ich als Realität mit negativem Vorzeichen bezeichnet habe.

Und nun zu der Frage, warum es weiter oben heißt, dass »jemand« mit dem Satz »Lew Nikolajewitsch Kafka war ein furchtbarer Idiot« sein Verhältnis zu einer Realität mit negativem Vorzeichen ausdrücken will, und, für den Fall, dass diese Aussage wahr ist, um was für ein Verhältnis es sich dann handelt und ob überhaupt ein Satz ein Verhältnis ausdrücken kann? Doch bevor wir darauf antworten, schlage ich vor, Sie lesen eine kurze Erzählung, der ich den Titel *In der Pfütze* gegeben habe:

»Bei den Krüppeln galt er als Verrückter, bei den Verrückten als Krüppel. Im Grunde war er weder das eine noch das andere. Er lag an der Kreuzung zweier krummer Straßen, ein herrenloser Mischlingshund beschnupperte ihn, er weinte. Der Himmel spiegelte sich in seinen Augen, seinen Tränen, der Pfütze, deren Entstehung er, hätte er sich noch darüber Rechenschaft gegeben, was geschah, sich selbst hätte zuschreiben können. Wie war es so weit mit ihm gekommen? Das will ich Ihnen erzählen ...

1989 erwischte ihn ein kräftiger Hieb in die Leistengegend, 1990 verlor er durch Zufall drei Finger der rechten Hand, das Blut floss auf sein Jackett und seine neue Hose, aber was soll's, die Kleider sind nicht so wichtig. Von da ab war sein Verstand getrübt.

›Papa, komm nach Hause! Mama hat sich schon ausgezogen!‹, rief ihm sein Sohn Grischenka aus dem Fenster zu und winkte.

Einmal quatschte ihn in der Straßenbahn irgendein abscheulich riechender Bettler an und begann, mit feuchter Aussprache, aber in passablem Deutsch *Die Leiden des jungen Werthers* herunterzurattern. Ljoscha, so hieß unser Held, wurde plötzlich rasend wütend. Er machte eine heftige Bewegung mit der rechten Hand und stach dem Bettler mit Daumen und kleinem Finger beide Augen aus. Der Bettler brüllte wie ein Stör, machte in die Hosen und stürzte auf den Boden des Straßenbahnwaggons.

Als er im Mai 1993 aus dem Gefängnis entlassen wurde, hatte Ljoscha stark abgenommen. Seine Wangen waren eingefallen, seine Schläfen grau. Seinem Sohn und seiner Frau hatte er täglich geschrieben aus der Haft, obwohl es gar nicht so einfach ist, einen Bleistiftstummel mit zwei Fingern, zwischen Daumen und kleinem Finger, zu halten. Ljoschas Frau hatte inzwischen Zeit gehabt, ihr

Glück an einen Untermieter aus der Provinz zu binden, der einen kleinen En-gros-Handel betrieb: Bier, Gummigenitalien, Bürotechnik. Ljoscha wurde böse und stach auch seinem Rivalen beide Augen aus. Der brüllte wie ein Bär. Der Bettler in der Straßenbahn hatte, falls Sie sich erinnern, wie ein Stör gebrüllt, der sich in seinem Blut auf dem Parkettboden krümmende Untermieter aus Saratow dagegen brüllte wie ein Bär.

Ljoschas Frau Ljudotschka brüllte wie ein Stör, als Ljoscha ihr in einem Wutanfall ins Gesicht, gegen die Brust und den Bauch trat – sie war im vierten Monat schwanger –; durch die Wand hörte man die Nachbarn, die schrien wie Eisbären; Grischa, Ljoschas Sohn, rief: ›Nicht die Mama hauen, Papa! Mama ist lieb!‹, und brüllte wie ein Stör. Der Junge war dreizehn Jahre alt.

So kam es, dass Ljoscha an der Straßenkreuzung lag. ›Mein Gott, wie viel Leid es gibt rundherum, wie viel Bosheit, Grausamkeit, Verrat, und wie wenig Zärtlichkeit, Güte und Liebe‹, dachte er. Und dann diese Gerüche, dieses Geschrei, diese unerträglichen Menschen ... Doch, sie waren wirklich unerträglich, sie waren noch schlimmer als Ljoscha, Ljoscha war nur ein Pechvogel, Opfer einer Übergangsperiode, da gab es noch ganz andere, die letzten Schufte waren das. Doch davon ein andermal ...«

Und nun zurück zum Problem der Realität mit negativem Vorzeichen. Halten wir zunächst fest, dass ein Schriftsteller namens Lew Nikolajewitsch Kafka in der Natur nicht vorkommt und auch nie vorgekommen ist. Selbstverständlich könnte ich jetzt auf der Stelle »L. N. Kafka« als Pseudonym wählen, und sofern man unter einem Schriftsteller einen versteht, der Zeichen zu Papier bringt, die von anderen auf diese oder jene Weise interpretiert werden können, würde aus mir dann jetzt auf der Stelle der Schriftsteller Lew Nikolajewitsch Kafka, per definitionem ein furchtbarer Idiot, was übrigens auch erst noch zu beweisen wäre; doch ich lehne es ab, mir irgendwelche Pseudonyme zuzulegen, und deshalb bleibt der Schriftsteller L. N. Kafka eine erfundene Person, und in dieser Eigenschaft kann man auch ihn zu jener Menge rechnen, aus der die Realität mit negativem Vorzeichen besteht, allerdings nicht, weil er sich mir entgegen bewegt, sondern weil es ihn überhaupt nicht gibt.

Es ist allgemein bekannt, dass es Schriftsteller wie Graf Lew Nikolajewitsch Tolstoi – eine der Hauptfiguren im Tagebuch von Sonetschka Bers – und Franz Kafka – eine der Hauptfiguren im Tagebuch des Schriftstellers Kafka – gegeben hat, ein Schriftsteller namens Lew Nikolajewitsch Kafka jedoch hat bis zum ersten Satz der bewussten Menge nicht existiert; jetzt dagegen existiert dieser Schriftsteller als Teil jener Menge, die die Realität mit negativem Vorzeichen bildet, zu welch Letzterer auch dieser Text gehört und der Jemand, der diesen Text schreibt. Man kann, nebenbei bemerkt, mit Gewissheit annehmen, dass Kafka Tolstoi kannte und gelesen hatte, und ebenso, dass Tolstoi Kafka nicht kennen und gelesen haben konnte, und ebenso, dass der Jemand, der diese Zeilen schreibt, sowohl den einen (Tolstoi) als auch den anderen (Kafka) gelesen hat, aber besser hätte er sie nicht gelesen, besser hätte er sie nicht gelesen, besser hätte er sie nicht gelesen, besser hätte er sie nicht gelesen, besser hätte er sie nicht gelesen, besser hätte er sie nicht gelesen, besser hätte er sie nicht gelesen, besser hätte er sie gar nicht erst gelesen. Warum? Besser für wen? Das ist ein Thema für sich, an dieser Stelle will ich nur sagen, dass der Schriftsteller Lew Nikolajewitsch Kafka in der Realität mit negativem Vorzeichen nach der Aussage eines gewissen »Jemand« ein furchtbarer Idiot war, und diese Aussage ist allein schon deshalb wahr, weil sie bislang von niemandem widerlegt wurde.

Und noch eine letzte Bemerkung: Franz Kafka, Lew Tolstoi und »jemand«, der Autor dieser Zeilen, gehören gleichzeitig zu keiner der bisher von uns untersuchten Mengen, doch darüber wollen wir bei der nächsten Probe sprechen, und nun zu der Geschichte *Auf dem Pier*, deren Held, übrigens auch ein Ljoscha, Leonid Pawlowitsch, die ganze Geschichte über regungslos auf einem übrigens baufälligen Pier steht und seinen Gedanken nachhängt. Also, *Auf dem Pier* ...

»Eine Zeit lang lauschte er, versuchte, dieses mit nichts zu vergleichende Gefühl zu fassen, schnippte im Geist mit den Fingern, suchte vergeblich nach den nötigen Worten. Den für wen nötigen Worten? Den nötigen eben, den unentbehrlichen, den in ihrer Ungenauigkeit erbärmlichen – Worten, mit einem Wort. So vielleicht: Er fühlte deutlich, wie seine Gegenwart mit seiner Vergangenheit verschmolz; der Riss zwischen beiden, den er, Leonid Pawlowitsch, fast körperlich spürte, verengte sich, schloss sich, überzog sich mit einem dünnen, aber festen Film, drücke ich mich verständlich aus?

Wenn man versuchsweise annimmt, die Vergangenheit sei eine Frau – eine ganze Zeit lang läufst du vor ihr weg, dann läuft sie vor dir weg, und dann bleibt sie auf einmal stehen, mitten auf der Straße, die zum Meer führt, dreht sich auf dem dünnen Absatz ihrer wie immer scheuernden Sandalen um, streckt die Zunge heraus und schneidet eine komische kleine Grimasse; und wenn man ebenso versuchsweise annimmt, die Gegenwart sei ein Mann, der auf jede mögliche Art versucht, seine Selbstsicherheit zu betonen, und seine Geheimratsecken sind dabei kein Hindernis, Geheimratsecken, das ist ja nichts Endgültiges, das ist schließlich noch keine Glatze, eine Glatze ließe sich schon schwerer wegdiskutieren, und seine Kurzatmigkeit mit Anfang dreißig, das heißt auch noch lange nichts – dann handelte es sich hier, wenn man so will, um einen Beischlaf der Vergangenheit mit der Gegenwart auf dem erkaltenden Sand des verlassenen nächtlichen Strandes, in der Nähe der Personenwaage; die Vergangenheit hatte sich zwar lange gesträubt, aber die Gegenwart hatte einfach nicht lockergelassen, hatte ihr schöne Augen gemacht und mit irgendwelchen Dante-Zitaten angegeben, und schließlich kam es zu diesem Beischlaf.

Sehen Sie, es war Ende Mai. Es war zwar noch kalt, aber es wurde schon warm, na, Sie verstehen schon. Um ihn herum fühlte sich alles irgendwie anders an, und auch innerlich war Leonid Pawlowitsch nicht mehr ganz derselbe: Seine Schleimhaut war etwas abgetragen, die Lungen waren ziemlich mitgenommen, und in seinem Darm sah es beschissen aus. ›Achte auf dich, sonst findest du keine Frau‹, dieses Leitmotiv hatte seine Mutter ihm bei jedem möglichen Anlass und anhand sämtlicher möglicher Beispiele vorgesungen: Beispielen aus dem Leben seiner Freunde oder aus dem Leben von Leuten, die er nicht kannte, manchmal auch ganz ohne Beispiele, nur von Blicken untermalt: vorwurfsvollen, vorwurfslosen usw. Aber er hatte immer nur ausweichend gescherzt. Ein Jahr lang, zwei Jahre, fünf Jahre hatte er ausweichend gescherzt, und dann hatte er sich von heute auf morgen einen guten Anzug gekauft, einen ganzen Monatslohn hatte er dafür hingelegt und nicht mit der Wimper gezuckt, die Zähne hatte er zusammengebissen, aber mit der Wimper zucken kam nicht in Frage. In diesem Anzug stand er also auf dem Pier und sah in die Ferne; der Wind fuhr ihm durch die Haare, und mit seinen Jackenschößen sah er aus wie ein großer Vogel mit Krawatte oder, genauer, wie ein vom Schicksal in unsere südlichen Breiten verschlagener, betont jugendlich zurechtgemachter Seelöwe. Er stand da und hatte, wie schon gesagt, das Gefühl, als würde seine Vergangenheit mit seiner Gegenwart verschmelzen, und dieses Gefühl gefiel ihm. Den Rest seines Lebens (er hatte vor, einundfünfzig Jahre alt zu werden) stellte er sich folgendermaßen vor: Kinder (drei Stück), Ehefrau (dreiundzwanzig, kastanienbraune Haare, Nichtraucherin), Glück (das bedeutet natürlich für jeden etwas anderes, aber in aller Kürze: Glauben Sie den Leuten nicht, die behaupten, es gäbe kein Glück, das ist nicht wahr – und ob es das gibt, ich habe es selbst erlebt, vor ungefähr zwölf Jahren bei einem Basketballspiel, aber ich will nicht von mir reden, das ist langweilig), eine interessante, gut bezahlte Arbeit als bürgerlicher Schriftsteller, der gebrauchsfertige künstlerische Werte produziert, und damit auch Anerkennung beim Publikum und durchaus ein gewisser Status, und schließlich ein zufälliger Tod bei einer Schlägerei unter Alkoholeinfluss, aber das erst ganz am Ende. Seine Frau würde Blumen aufs Grab legen, die Kinder würden blinzelnd zu begreifen versuchen, wo denn nun der Papa ist, der Papa aber würde unter der Erde liegen und erleichtert denken: ›Herrgott, endlich!‹

Im allgemeinsten Fall aber, und genau um diesen handelt es sich hier, das kann ich Ihnen versichern, lässt sich Folgendes feststellen: Die Zeit vergeht, der Ort vergeht, der Schmerz um den Verlust vergeht; klammern wir ›vergeht‹ aus, dann erhalten wir: (die Zeit, der Ort, der Schmerz um den Verlust) vergeht; Zeit minus Ort aber ergibt nichts anderes als den Schmerz um den Verlust; ersetzen wir also den Schmerz um den Verlust durch Zeit minus Ort, dann erhalten wir: (die Zeit, der Ort, Zeit minus Ort) vergeht; wenn wir die Klammer wieder auflösen, erhalten wir: Zeit vergeht, Zeit vergeht, d. h., es vergeht doppelt so viel Zeit. Eben darum blicke ich in die Ferne von hier aus. Dort, in der Ferne, in der nahen Zukunft, steht Leonid, blickt ebenfalls in die Ferne und denkt: Wie schnell doch die Zeit vergeht, und dann denkt er noch: Vielleicht beginnt deshalb die Vergangenheit mit der Gegenwart zu verschmelzen? Irgendwoher muss all diese Zeit schließlich kommen, und in der Vergangenheit gibt es mehr als genug davon. Und dann denkt er auch noch: Bis jetzt läuft alles ganz gut, toi, toi, toi, nur nicht zu früh freuen, hoffentlich geht es auch so gut weiter. Danach klopft er dreimal mit der Faust gegen das Holzgeländer am Pier, und danach hört er, wie irgendwo im Nebel ein Schiff ›uu‹ macht, und wird ein wenig traurig, aber nicht so sehr, dass man darüber schreiben könnte, sondern nur eine winzige Spur.

›Schon Mai, aber kalt ist es noch‹, denkt unser Held, an den wir uns inzwischen schon etwas gewöhnt haben, nicht wahr, und danach sagt er ›brrr‹ und verschwindet aus dem Blickfeld.«

BABAJEW UND DAS MÄDCHEN

Ich komme noch einmal auf Babajew zu sprechen. Äußerlich hatte er etwas von einer Schulbank: oben grün, unten dunkelbraun, an der Seite stand etwas Unanständiges. Innerlich dagegen war Orest Babajew, wenn man ein nicht fertig gekautes Brot mit Fleischwurst und einen Apfelrest nicht mitrechnet, völlig leer. Und da fragte er noch, warum die Frauen ihn nicht bemerkten. Was gab es da schon zu bemerken?

Sehen Sie nur: Da hat ihn im Haus des Buches, im ersten Stock, ein junges Mädchen (Dascha Schapotschnikowa) ganz leicht mit ihrer Handtasche gestreift. Babajew sah, wie hübsch sie war, und wurde rot. Dunkle, kurz geschnittene Haare, zart schimmernde Fingerchen, ein bordeauxroter, ausgestellter Mantel, identische Beine. Babajew trug eine grüne Baskenmütze und dunkelbraune Cordhosen, und an der Seite hatte er etwas Unanständiges stehen.

»Sündteuer ist dieser Thukydides«, sagte Babajew zu dem Mädchen, nur um nicht stumm zu bleiben. Doch sie hatte abends natürlich schon etwas vor – sie ging mit ihren Freundinnen ins Theater. Und morgen hatte sie eine Prüfung. Und übermorgen auch. Am Samstag konnte sie auch nicht – samstags musste sie ihren Neffen hüten. Und in einer Woche konnte sie auch nicht. Und in einem Monat auch nicht. Und auch nicht, wenn es draußen wärmer würde. Auch nicht, wenn die Tage länger würden und die Nächte kürzer. Auch nicht in einem Jahr.

Babajew, he, Babajew, nun gib schon Ruhe! Du gefällst ihr nicht, Onkel. Es war Zufall, dass sie dich mit ihrer Handtasche gestreift hat, also reg dich ab. Oder ist das vielleicht die einzige Dunkelhaarige mit zart schimmernden Fingerchen auf der Welt? Was ich dir rate, Babajew: Übermale das »Schwanz« auf deiner Seite, verdau endlich dein vertrocknetes Wurstbrot und deinen Apfel, und dann such dir ein anderes, weniger unerreichbares Objekt der Begierde. Nein, nicht gerade ein Devisenflittchen, aber jemand Umgänglicheren vielleicht. Schließlich ist bald Frühling, und du bist sechsunddreißig, Babajew. Und hast weder eine Familie noch einen Beruf. Wirklich wahr, ist das vielleicht eine Arbeit für ein Mannsbild: vor dem Feinkostladen Klopapier und Wasserhähne verkaufen? Schämen solltest du dich, Babajew. Wenn du wenigstens irgendein Hobby hättest oder wenigstens einen erwachsenen Sohn aus erster Ehe. Äußere Erscheinung – Null, Gesundheit – geht so, Stimmung – unter aller Kanone.

»Wird denn wirklich schlagartig alles anders werden in meinem Leben, wenn ich erst eine Freundin mit zwei identischen Beinen habe?«, dachte Babajew, während er das Haus des Buches verließ. »Werde ich mir an ihrer Seite wirklich wieder sympathisch sein, wird mein Gang geschmeidig werden und meine Rede fließen wie Milch?«

Ja, Babajew, tausendmal ja! Wenn du erst eine Freundin mit zwei identischen Beinen hast, mit einem feuchten, anheimelnd warmen Herzstück, mit empfänglichen Lippen und matt schimmernden Fingerchen, und ihre Rede fließt wie kuhwarme Milch, spätabends, vor einem Schlaf, der dich erfrischt und stärkt wie ein munteres Lied, wie ein Aquavit, wie ein Thukydid, wie ein Heraklit, wie ein Herodot, wie was weiß ich wer noch alles, Babajew. Und ist das etwa so viel, muss man darum etwa das Schicksal auf Knien anflehen, steht dir das etwa nicht zu?

Fünf Tage später ist er verschieden. Genauer gesagt, er hat sich verdoppelt. Er ist fotografiert worden, ist verschieden, HAT SICH VERDOPPELT, und Schluss, auf den Rücken. Der Reihe nach heißt das, er wälzte sich unter seiner feuchten Bettdecke hin und her, er hatte es aufgegeben, auf den Sonnenaufgang zu warten oder auf Tee mit Zitrone und Kirschmarmelade wie in seiner Kindheit auf der Datscha, und vieles war ihm widerwärtig geworden: das Leben mit seinem gespielten Kummer und der auf der anderen Seite mit Gejammer im Gefolge auch. Seine restliche Willenskraft schickte er weg, sie konnte sich ja nicht einmal mehr ordentlich materialisieren. Ach, Leere und Verzweiflung! Wo lag Erfüllung? Keine Spur davon!

(...) den Baracken der ersten Liebe begrub er alle schmutzigen Einzelheiten des Verlangens und kaufte Schokolade für ein Mädchen, dem die vorausgeahnte Nähe den Blick trübte, deren Lachen süß klang wie das einer kränklichen Fünftsemesterstudentin ohne BH auf dem Boden im Dekanat des Bauinstituts bei einer Nachtwache zu den Maifeiertagen. Kein Fieberwahn – wieso Fieberwahn? –, nein, eine wahre Begebenheit war ihr Zittern unter ihm, wie ein

Erdbeben in der Frauensauna, mit etwas anderem lässt sich das nicht vergleichen, ich habe es versucht.

(…) kaute auf dem Kopfkissenrand herum, fieberte, stöhnte; kleine, schwerbrüstige Typhuskranke mit Flügelchen spülten sich gegenseitig fort im Zwielicht seiner Glossolalien, die Kathodenröhre der Wünsche baumelte neben ihm, unschädlich gemacht, nutzlos. Nicht einmal auf die Welt gekommen war er richtig, die Schule hatte er mit Ach und Krach geschafft, die Gesellschaft hatte ihn fertig gemacht …

… aus den Tiefen des Unmenschlichen Mama-Papa hervorkriechen, respektabel, mit zugekniffenen Augen und hohen Stirnen, zwei gutmütige ältere Herrschaften auf ihre Weise. »Du stammst nicht von uns«, flüsterten sie, aber nicht aus Bosheit, sondern damit er schneller verging. »Wie, was heißt das? Von wem denn dann?«, sagte Babajew verständnislos. Es schleuderte ihn hin und her, von der Wand zum Bettrand und zurück zur Wand, und obwohl der Schüttelfrost ihn in Stücke brach, wollte er nicht den Schiefer der Assoziationen über das Chaos decken, das wie Fäulnisgestank aus dem Dickicht der Bewusstlosigkeit drang und – das ist eindeutig zu dick aufgetragen, aber macht nichts … – seine zerfetzten Gedanken einhüllte.

»Ist das nicht egal, von wem?«, lachte Mama-Papa dröhnend. »Nicht von uns, das heißt: von niemandem.«

Da raste er los, kreuz und quer, er blähte sich auf, versank und tauchte gleich danach wieder auf in der Leere einer Blase (einer Blase, ha, von wegen!), nachdem er die Grenzen des Daseins blitzschnell auseinander- und wieder zusammengeschoben hatte.

Wenn das der Tod war, und er war es, dann ist der Tod keineswegs eine Erlösung und Erholungsreise, sondern ein Abrutschen, Bremsen, ein langsames Erlöschen, und Schluss, auf den Rücken. Ja, genau so: ein Abrutschen, Bremsen und langsames Erlöschen.

Dagegen ist das Ende meiner Erzählung ein glückliches. Babajew verschied, wurde fotografiert, verdoppelte sich, genauer, er wechselte auf eine andere Ebene. Und diese Ebene hielt für das Mädchen aus dem Haus des Buches rein gar nichts Erfreuliches bereit, mit Ausnahme von Babajew, Orest Petrowitsch, Russe, sechsunddreißig Jahre, Junggeselle, in Moskau nicht gemeldet. Und hier hört sich die Sache auf einmal ganz anders an. Die Melodie kennen Sie sicher. Erinnern Sie sich an das Lied *Tee für zwei*?

Piktscher ju apon mai ni
Ti for tu änd tu for ti …

Ist es Ihnen wieder eingefallen? Stimmt, Doris Day, ganz richtig. Na gut, ich komme zum Schluss, Babajew und das Mädchen werden schon langsam böse.

Babajew hat sich also verdoppelt, sich vereinzelt, hat auf eine andere qualitative Ebene gewechselt und ist dort eine Weile in sich gegangen. Das Mädchen war eine Zeit lang etwas erkältet, wurde aber bald wieder gesund, überquerte die Straße und kaufte Babajew zwei Rollen Klopapier ab.

»Wieso ist das so teuer?«, fragte sie für alle Fälle.

»Billiger als Thukydides ist es allemal, und der Effekt ist derselbe«, antwortete Babajew schlagfertig und trennte sich fortan nie mehr von ihr.

Vor kurzem haben sie ein Joint Venture gegründet, mit den Finnen, glaube ich. Was sie verkaufen – keine Ahnung.

DAS MÄDCHEN WILL POLITOLOGIN WERDEN

Früher wollte ich gern Schriftsteller werden, später habe ich das dann sausen lassen und lieber Wirtschaft studiert. Ob das die richtige Entscheidung war? Urteilen Sie selbst. Hier ist eine kleine Erzählung, die ich vor diesem ganzen Spuk geschrieben habe:

»›Geh weg, du Ungeheuer, hör auf, mich zu quälen, was willst du von mir?‹

›Nichts.‹

›Warum quälst du mich so, Nichtswürdiger?‹

›Wer fragt denn überhaupt nach dir?‹

›Lass mich, lass mich doch wenigstens mein Leben in Ruhe zu Ende leben.‹

›Wer hindert dich denn? Leb doch solange du willst.‹

›Womit habe ich diese Qualen verdient, und warum ist bei allen anderen Leuten alles wie bei allen anderen Leuten?‹

›Red keinen Blödsinn. Was ist bei allen anderen Leuten wie bei allen anderen Leuten?‹

›Alles.‹

›Was alles?‹

›Na alles. Einfach alles!‹

›Was anderes fällt dir nicht ein.‹

›Wie? Was hast du gesagt?‹

›Was anderes fällt dir nicht ein, sage ich, immer nur alles, alles! Was denn alles? Zähl doch mal auf, na los!‹

›Lass mich in Ruhe, ich will nicht!‹«

Und so weiter. Die Fortsetzung dieses Meisterwerks bringe ich etwas später, jetzt muss ich erst beschreiben, was im Augenblick passiert, genau in dieser Minute, das ist wichtiger.

Über die Schreibtischoberfläche gleitet kaum hörbar eine kleine Metallkugel, und darin gespiegelt sieht man mich, wie ich vor einer erstaunlichen Frau mit heruntergelassener hellblauer Unterhose knie. Ich atme den süßen Duft der Haare ein, die ihren Schamhügel bedecken. Sie streichelt mich versonnen. Die Kugel erreicht den Rand der Fläche und fällt krachend auf den Parkettboden. Drei Minuten später zuckt die Frau zusammen und fragt: »Was war das?«

»Mach dir keine Sorgen«, antworte ich, »die kleine Kugel ist vom Tisch gerollt und auf den Boden gefallen.«

In ihrem Kopf entsteht für eine Hundertstelsekunde das Bild eines jungen Mannes mit schwarzem Gehrock und glühenden, irrsinnigen Augen.

»Wer war das?«, frage ich überflüssigerweise.

»Ach, ein Bekannter«, antwortet meine Liebste.

Ihre Gedanken zu lesen, habe ich an dem Tag gelernt, als wir den Autounfall hatten. Sie hatte die Sprache verloren und verständigte sich nur durch mich mit den Ärzten. Aber was half das? Die Ärzte konnten sie nicht retten. Sie starb auf dem Operationstisch.

Es ist sehr schwer für mich ohne sie. Ihre Gedanken sind verschwommener geworden seit ihrem Tod, dunkler. Im Krankenhaus damals hat sie sie mir noch anvertraut, aber jetzt werde ich das Gefühl nicht los, dass ich sie gewaltsam lese. Gegen ihren posthumen Willen. Sechs

Jahre haben wir zusammengelebt. Die Kugel mit unserem Spiegelbild war ein Geschenk des Schicksals. Solche angenehmen Überraschungen könnte es ruhig öfter geben!

Ich weiß nicht, ob ich sie werde vergessen können. Mir ist klar, dass das meine einzige Rettung wäre, aber ich bin da machtlos.

Wir fuhren eindeutig zu schnell, und obendrein war sie angeheitert. Warum habe ich ihr das Steuer anvertraut und ihr Leben gleich mit? Und wenn nun ich umgekommen wäre? Ich bin ja bloß noch ein Spiegelbild meines wirklichen Selbst, desjenigen, das nur hübsch Seite an Seite mit ihr existiert hat. Jetzt aber drüben ist, heute jedenfalls, und im Grunde auch damals schon. Und wieder wird mir unwohl, und die Gründe, wo soll ich sie suchen, in welchem trüben Strom, am schlammigen Grund welchen Flusses, in was für einem Schilf denn?

Der Kerl im Gehrock war ein Freund von uns. Ich habe ihn übrigens erst nicht erkannt, aber jetzt sehe ich, das war ein Freund von uns. Er kam öfter vorbei und brachte Schokoladentorte *Praga* mit, immer ohne Schirm, durchnässt, so ein lustiger Typ, dauernd machte er irgendwelche Späßchen und Witze, einen davon habe ich mir gemerkt: »Stehen zwei Besoffene an der Ecke und pinkeln. Sagt der eine: ›W-wieso macht es bei dir s-s-sisch und bei mir zisch-sch-sch?‹ Darauf der andere: ›Weil du auf den Zaun p-p-pisst und ich auf deinen Nylonmantel.‹« Damals waren Nylonmäntel der letzte Schrei. Was man jetzt trägt, keine Ahnung.

Und hier die Fortsetzung der Erzählung, die ich vor diesem ganzen Spuk geschrieben hatte:

»›Doch, zähl auf, was alles?‹

›Lass mich in Ruhe, hörst du!‹

›Zähl jetzt auf, oder ich bring dich um!‹

›Aha, da haben wir's!‹

›Was haben wir?‹

›Verplappert hat er sich ...‹

›Wer?‹

›Du natürlich!‹

›Wie meinst du das?‹

›Na ganz einfach: Du hast gesagt, du bringst mich um.‹

›Tu ich auch.‹

›Bitte, mach doch, wenn du kein Gramm Mitleid im Leib hast.‹

›Mit dir nicht.‹

›Mit überhaupt niemandem.‹

›Das kannst du wohl kaum beurteilen, du Dreckstück ...‹

Erbittert packte er ein Messer, das auf dem Tisch lag, und stürzte sich auf die arme Wera. Die Frau brüllte. Blut floss, wie aus einem umgekippten Glas. Weras Eingeweide kullerten auf den Linoleumboden: Leber, Nieren, Milz, Darm, Magen, Harnblase, Lungen, Herz, Seele, Chakren, Charme, Tast- und Geruchssinn, weibliche Schläue, Habgier und Heuchelei ...

Als sie wieder zu sich kam, wollte Wera ihren Mann suchen, doch sie merkte schnell, dass sie sehr schwach war und sich nicht rühren konnte. Ihr Mann saß derweil beim Nachbarn, soff und schwang Reden über Ufos. Der Nachbar erklärte ihm, das sei alles dummes Zeug, aber er war anderer Meinung und sagte immer wieder: ›Nehmen wir mal meine bessere Hälfte zum Beispiel ...‹

Doch Wera war zu diesem Zeitpunkt schon tot. Beerdigt wurde sie auf dem jüdischen Friedhof. Ihr Mann wurde im Gefängnis von seinen Zellengenossen erwürgt. Ihre Tochter macht dieses Jahr ihren Schulabschluss. Um ihre Erziehung kümmere ich mich. Das Mädchen will Politologin werden; ich versuche, sie davon abzubringen, aber sie ist ein Dickschädel – ganz die Mutter.«

VIEHZEUG

Mit dieser Erzählung beginne ich einen ganzen Zyklus amerikanischer Prosa, denn die Vorwürfe der Leser, ich sei in der russischen Thematik stecken geblieben und käme nicht mehr weiter, stehen mir allmählich bis hier. Dazu sage ich nur: Unsinn! Der Beweis für die Haltlosigkeit solcher Anschuldigungen folgt. Und glauben Sie bitte nicht, meine Erzählung sei irgendeine farblose, trockene Parabel oder Allegorie. Ganz im Gegenteil, sie ist der reinste Realismus. Der Alptraum, in dem wir alle leben. Der Alltag einer riesigen Stadt. Zumal ich persönlich mit ihm bekannt bin. Wir sind praktisch Nachbarn: Ich wohne in der Broom Street, er in der Mott.

In der Leistengegend des Clowns C. siedelte sich von Zeit zu Zeit kleines Viehzeug an. Im Verwilderten, Ungekämmten siedelte es. Er jonglierte fröhlich vor sich hin, formte aus süßer Melasse kleine Tierchen für die Kinder, und in seiner Leistengegend lebte derweil das Viehzeug sein eigenes Leben und scherte sich um nichts. Es vermehrte sich exponentiell, wimmelte durcheinander, juckte, aber wieder weggehen tat es nicht. Anscheinend hatte es diesmal beschlossen, den ganzen Winter über zu bleiben.

C. verdiente sich seinen Lebensunterhalt mühsam. Seine Freundin, die im Büro eines lispelnden alten Juristen namens Leibowitz arbeitete, riet C., ans College zurückzugehen, ein Lehrerdiplom zu machen und Geschichte oder Algebra zu unterrichten.

»Du magst doch Kinder«, sagte Heidi.

Und das war die reine Wahrheit. Zwei Stunden lang rieb er sich die Leistengegend mit Shampoo ein, ich übertreibe nicht. Na bitte, das sieht doch schon viel besser aus. Das Viehzeug ist davongaloppiert, in den Wald. Viele sind umgekommen. Einige – die zähesten – haben überlebt. Sie wackeln mit dem Schnurrbart, reiben sich die Pfoten, blinzeln einander zu. Kalt ist ihnen.

Von all seinen Nummern ist mir aus irgendeinem Grund der Flohmensch in Erinnerung geblieben. Dabei ging C. auf alle viere, streckte die Arme so hier durch, dann zog er irgendwie hintenherum aus seinem alten zweireihigen, immer wieder geflickten Jackett ein Stangenweißbrot oder ein Baguette hervor, genau weiß ich es nicht mehr, aber ich glaube, es war eher ein Baguette und kein Weißbrot, und biss ein ordentliches Stück davon ab. Die Zuschauer sperrten nur so den Mund auf. Die Kinder kreischten und trampelten. Heidi schüttelte den Kopf.

»Na gut, jetzt bist du dreißig. Aber was wird mit vierzig? Und mit fünfzig?«

Anschließend steckte C. das restliche Baguette hier durch, klemmte es mit dem anderen, angewinkelten Arm fest, so ungefähr, und fing an, es zu drehen wie eine Schraube, und gleichzeitig machte er einen Handstand. Irre! Das Publikum raste. Möwen kreisten schreiend über dem Pier. Touristen aus Nebraska fotografierten C. zum Andenken und verteilten sich wieder auf ihre Busse.

Das Viehzeug saß im Wald und wartete ab. Es wusste genau, wie zerstreut C. war. Schließlich brauchte er nur ein, zwei Wochen lang die Hygiene zu vergessen, und aus war es. Nichts mehr zu machen. Das war übrigens auch etwas, was Heidi betrübte.

»Er ist ungepflegt«, dachte das Mädchen. »Er ist ein Clown. Er ist arm, er ist nicht besonders schön, er ist ein schlechter Liebhaber. Von Zeit zu Zeit siedelt sich kleines Viehzeug in seiner Leistengegend an.«

Die Möwen kreisten und kreisten über dem Pier. Offenbar ließ ihnen das Baguette keine Ruhe.

C. verbeugte sich, machte mit aufgehaltenem Köfferchen die Runde im Publikum, dann ging er zur Seite, zählte mehrere Male seine Einnahmen nach, seufzte laut, hakte Heidi unter und ging mit ihr nach Hause in die Mott Street. Unterwegs machte Heidi sich gewöhnlich von ihm los, sie schämte sich seiner in der Öffentlichkeit, und eigentlich auch zu Hause. Nur hatte sie leider niemanden außer C. Das war allerdings kein Wunder. Sie war ein sehr unattraktives Mädchen, und kratzbürstig außerdem; sie roch schlecht, und auch in ihrer Leistengegend siedelte sich manchmal Viehzeug an, nicht so groß und bissig wie das von C., aber immerhin.

ÜBERHAUPT KEINE PARANOIA HAT ER

sie sind mir auf der Spur sagte er so hastig dass es klang wie ›außen vor‹ und sie verstand etwas wie ›aufs Ohr‹ wie? fragte sie nach während sie sich hübsch machte vor dem Spiegel immer nach der letzten Mode so eine blasse schöne ein bisschen müde so eine hübsche ein wenig blasse er sagte es noch einmal wer fragte sie und drehte sich zu ihm etwas müde ein bisschen traurig ich weiß nicht antwortete er aber sie sind mir auf der Spur sie beobachten mich erzähl doch keinen Unsinn du erinnerst mich an diese Irren im Fernsehen ewig diese Sorglosigkeit die du an dir hast er wurde langsam wütend diese ewige Sicherheit dass alles genau so kommt wie du es willst dass was auch immer passiert dich nichts angeht dich nicht berühren nicht verletzen wird auf dem kleinen Tisch vor ihr standen halb leere Flakons Döschen Schächtelchen Lancôme Chanel Passion ein ganzes Regiment Lippenstifte in blitzenden Uniformen sie mochte kein Make-up ich bin keine Leinwand für die Maler von Revlon und Lancôme ich bin eine Frau ich will mein echtes Gesicht nicht verstecken sagte sie und trotzdem kaufte und kaufte sie alles der Reihe nach und versteckte es versteckte es wozu fragte er wenn er darauf stieß und wozu kaufst du deine Krawatten manche davon hast du nicht ein einziges Mal getragen und kaufst und kaufst und kaufst immer mehr die Hälfte davon hast du mir geschenkt ach so na klar also bin ich mal wieder an allem schuld niemand sagt dass du an irgendetwas schuld bist mir schien dass du immer zufrieden warst mit meiner Auswahl na was hätte ich denn deiner Meinung nach sagen sollen ekelhafte Farbe bleib mir mit diesem scheußlichen Zeug vom Leib und breite trägt schon seit einem halben Jahr kein Mensch mehr? und sie lachten fröhlich sie schmiegte sich an ihn küsste ihn also wer wer ist dir auf der Spur mein Dummerchen wer ich weiß nicht seufzte er aber ich werde das Gefühl nicht los dass mich dauernd jemand beobachtet bei der Arbeit im Taxi bei Geschäftstreffen in der Kneipe mit Freunden nach der Arbeit zu Hause sogar wenn wir miteinander schlafen man möchte meinen wir sind allein man möchte meinen die Türen sind zu man möchte meinen du Armer mein Armer du bist einfach überarbeitet wir müssen unbedingt Urlaub machen wir müssen dringend wegfahren wie lange willst du diese Schinderei denn noch mitmachen für wann haben sie dir Urlaub versprochen sag doch wann denn wann denn wann denn endlich zu Weihnachten? zu Thanksgiving? zum Memorial Day? zum Labor Day? dauernd versprechen sie dir irgendwas aber dann kommt der Memorial Day und der Labor Day geht vorbei und Thanksgiving rückt näher und schließlich steht Weihnachten vor der Tür und du arbeitest und arbeitest immer noch wenn du nur wüsstest wie ich deine verdammte Arbeit hasse wegen der Arbeit hast du Tränensäcke wegen der Arbeit fühlst du dich schlapp obwohl du literweise Kaffee trinkst alle trinken koffeinfreien nur du trinkst mit Koffein dir gehen schon die Haare aus was heißt hier nein hier ist ein Spiegel schau selber da und da und da und was ist das hier? hm? und dieser Bauch wann warst du zum letzten Mal im Fitnessstudio sag doch wann? die Haare und der Bauch das hat mit der Arbeit nichts zu tun versuchte er einzuwenden sie saß auf seinem Schoß und streichelte seinen für sein Alter wirklich ziemlich weit vorstehenden Bauch der Bauch und die Haare das ist das Alter Unsinn erzähl keinen Unsinn sie flüsterte nur noch: mit zweiunddreißig darf ein Mann noch kein (unverst.) das muss nicht sein (unverst.) meine Arbeit sichert unseren Lebensunterhalt dank meiner Arbeit können wir eine Wohnung in einer der schicksten Gegenden der Stadt bezahlen dank meiner Arbeit (unverst.) deine Arbeit legt unser Liebesleben lahm deine Arbeit bringt mich irgendwann so weit dass ich dich betrüge wart's nur ab wie oft haben wir in den letzten drei Monaten Sex gehabt wie oft na wie oft denn sie fing an ihm die Hose aufzuknöpfen vielleicht sechs sieben Mal sagte er unsicher drei Mal sagte sie und begann ihn zu massieren drei Mal das ist nicht wahr sagte er doch sagte sie ich habe mir die Daten aufgeschrieben wie lang welche Stellung alles habe ich mir aufgeschrieben na du bist ja die reinste Masters und Johnson scherzte er hey aber nicht jetzt hör auf hörst du sie vergnügte sich weiter warum denn warum nicht jetzt heute ist Samstag wenn nicht jetzt wann denn dann? wann denn sag doch? egal wann ich anfange immer sagst du nicht jetzt wieso sollte später besser sein als jetzt ich sage dir doch ich werde dieses Gefühl der Verfolgung nicht los sogar jetzt? gerade jetzt! das sind Ausreden das sind alles nur deine Ausreden und diese Ausreden funktionieren nicht mehr das sind keine Ausreden doch nein das ist nicht wahr doch nein doch nein doch nein doch sind es Ausreden nein sind es nicht und jetzt hör sofort auf das werde ich nicht doch Ausreden sind das sind es nicht doch nein doch nein sind es nicht ich werde beobachtet ich werde beobachtet ich werde beobachtet von wem das weiß ich nicht ich weiß nur dass ich beobachtet werde beobachtet beobachtet Tag und Nacht werde ich beobachtet ununterbrochen werde ich beobachtet alles Ausreden du willst einfach keinen Sex haben ich kann das nicht wenn ich beobachtet werde ich bin doch kein Exhibitionist sagte er und knöpfte sich die Hose wieder zu weißt du wer dich beobachtet fragte sie und stand mit einem Ruck von seinem Schoß auf nein und ob du das weißt ich habe keine Ahnung gab er zurück du weißt es du weißt es sagte sie wer denn fragte er das weißt du selbst schrie sie und fegte mit einem Schwung alle ihre Flakons Döschen Schächtelchen Flakons Döschen Fläschchen Schächtelchen vom Tisch sie hüpften fielen sprangen über den Boden (an dieser Stelle bricht die Aufzeichnung ab).

Eine Woche lang waren sie zerstritten. Danach versöhnten sie sich wieder. Kurz nachdem wir die Videoaufzeichnung von dem Streit zwischen ihr und ihrem Mann erhalten und transkribiert hatten, nahm einer unserer Mitarbeiter mit ihr Kontakt auf. Den vorläufigen Informationen nach verläuft die Anwerbung erfolgreich. Sie ist bereit, mit uns zusammenzuarbeiten, an Geld ist sie aber laut eigener Aussage nicht interessiert.

ADIEU, DOS PASSOS!

Was ich sagen will ist nur, dass wir vor genau zweihundert Jahren in einer Stadt am Meer gewohnt haben und dass unsere Körper im Sommer schokoladenbraun waren. Wir fingen früh an zu rauchen, und im Juli warfen wir zum Zeitvertreib Kippen vom Balkon und schlossen Wetten ab, ob sie unten auf dem Trottoir ankommen oder schaukelnd in den Blättern der Platane hängen bleiben würden. Wir blinzelten, wenn uns der beißende Rauch unserer in den Mundwinkel geklemmten bulgarischen Zigaretten in die Augen stieg, und spielten auf der Gitarre Lieder beliebter Komponisten. In der Dämmerung gingen wir mit unseren Liebsten nach draußen. Wir wurden beneidet. Mit Recht: Wir waren jung, trugen Schlaghosen, plapperten in einem erbärmlichen Englisch, lachten übertrieben. Allerdings, die Beatles hatten sich getrennt. Aber was soll's? Die Beatles hatten sich getrennt, und wenn schon. Dafür hatte sie einfach bodenlos tiefe Augen.

Und die Sonnenaufgänge auf dem Boulevard? Der kühle Kwass in einer schwülen Nacht? Der Platz ist menschenleer. Wir sitzen beim Denkmal und lesen deinen geliebten Mann. Laut. Thomas Mann, ganz richtig. Wir hatten eine Vorliebe für theatralische Gesten in öffentlichen Verkehrsmitteln: »Ihre Fahrscheine bitte, Bürger?« – »Ich habe eine Monatskarte«, und dann die Szene, wie der ganze Bus den Schwarzfahrer jagte, oder die andere Jagdszene auf der Bruegel-Reproduktion bei uns auf der Datscha – es ist Winter, meine Eltern sind nicht da, Licht gibt es auch keines, wir sitzen zu dritt im Dunkeln und trinken Glühwein, alle aus demselben Glas. Wir sind jung, verstehst du?

Ich habe eine Frage. Wohin verschwindet das alles und lässt nur ein Sodbrennen zurück? Wohin? Verläuft es im Sand? Rinnt es durch die Finger? Wohin?

Hey Jude? Klar haben wir das gesungen. Wir haben alles gesungen. Wie es aussieht, bleiben uns nur die Beatles. Und selbst die sind uns abhanden gekommen.

Euer erstes Treffen? Ich helfe dir auf die Sprünge. Das Subjekt – du: gebogene Nase, verträumte Augen, sinnliche Lippen, kastanienbraune Haare, an den Ellbogen abgewetztes Cordsakko. Der Mantel – ich sage nur Reine Schurwolle. Du wartest auf sie an der Ecke vor der Konfiserie *Lakomka*. Sie: die Unschuld in Person, Haut und Knochen, leichter Atem, das reinste Rehlein, diese Augen allein! Scheue Bewegungen, verlegene Scherze, fürs Kino ist es zu spät, zum Nachhausegehen zu früh, für die Kneipe fehlt euch das Kleingeld, und küssen – gleich rufe ich die Miliz! Ihre Familie kennst du noch nicht, bei dir ist der Vater Arzt, die Mutter Ärztin, der Großvater Arzt, die Großmutter lebt nicht mehr, sie war Fachärztin. Auch du hättest nichts dagegen, Medizin zu studieren, der Beruf liegt euch im Blut – Familie Rosenboim, Dermatologen. Sie ist nicht von hier, ist vor kurzem erst in die Stadt gezogen, spricht nicht wie die Leute hier, macht beim Schreiben Fehler und kennt – schrecklich! – noch nicht mal Feuchtwanger. -wanger, nicht -wagner. *Der jüdische Krieg*? Handelt das von den Ereignissen im Nahen Osten? *Jud Süß*? Bei uns im Hof gibt es einen Schneider Süß. Senja Süß, 3-mal klingeln.

Und dann so eine Wendung: Ihr stummer Verehrer – sein Vater arbeitet bei den Sicherheitsorganen, und er selber will auch dahin, er trägt Markenware von oben bis unten: Plateausohlen, Levi's, Jeansjacke, Joints, Machine Head, Papas Grundig – ärgert sich, könnte sich in die Stirn beißen, würde unseren Romeo am liebsten für viele Jahre von der Bildfläche verschwinden lassen, ohne Recht auf Schriftwechsel, dabei liebst du gerade das Briefgenre sehr, und auch sie ist ganz hingerissen von deinen Briefen. Eine Romanze per Post habt ihr, nicht wahr, und euer Postbote ist eine blaugraue Taube mit gebrochener Pfote – ich hatte damals zwei Monate lang einen Gips, war vom Fahrrad gekracht; an ihre Adresse schreiben ging nicht, ihr Alter war mit Vorsicht zu genießen. Du hast ja nicht hier studiert, hier wollten sie für Medizin drei Mille haben, und dein Onkel (auch ein Arzt, aber HNO) hatte nur anderthalb zusammengekratzt, für anderthalb ging nur Bauingenieur, bauen wolltest du aber nicht, ein Wort wie »Richtungswinkel« allein schon jagte dir Schauer über den Rücken, du wolltest Patienten behandeln, oder wenn alle Stricke reißen, ans Fremdspracheninstitut, und dann die Faulkner-Trilogie ohne Wörterbuch, die Dos-Passos-Trilogie im Original, Ford Madox Ford in- und auswendig. Dabei ist es schließlich auch geblieben – du bist ans Fremdspracheninstitut gegangen, für anderthalb Mille, allerdings in Rostow. Und jetzt ziehst du vor der Konfiserie ihre Hand an die Lippen, denn du willst sie wärmen, und sie lacht verlegen, denn sie ist dir dankbar dafür.

Aber ihr stummer Verehrer hat dich angeschwärzt und obendrein seine Kumpels auf dich gehetzt, denn Sicherheitsorgane hin, Sicherheitsorgane her, aber ein paar in die Fresse, verzeihen Sie den prosaischen Ausdruck, schaden schließlich auch nicht. Zur Abschreckung. Kurz: Nase blutet, tropft auf die Schurwolle, sie bricht in Tränen aus, du brichst in einer Schneewehe ein. Sie hilft dir aufstehen, du stützt dich auf ihren schlanken Arm, willst einen Witz machen, spürst aber, dass dir dafür ein paar Zähne fehlen. So hat eure Romanze angefangen. Und was kam danach? Soweit ich mich erinnere, Jahreszeiten.

Im Winter eher ironisch. Etwa drei Wochen später. Ende Februar. Wieder eine Schneewehe, in der Schneewehe ein Besen. Die Nachbarin klagte: »Der Blutdruck. Und die Heizung funktioniert auch nicht.« Ihr saht euch selten, und wenn, gab es Streit. Ich versuchte, euch nicht zusammen zu treffen. Einmal schaute ich euch zu, hinter einem Kiosk hervor, durch Tränen. Ihr küsstet euch, zerfielt in Splitter, küsstet euch. Einmal stand ich an der Ecke bei der Konfiserie. Sie kam von hinten und hielt mir die Augen zu. Ich habe sie am Geruch erkannt. Ihre Hände rochen nach deinem Tabak. Sie staunte: »Wie bist du draufgekommen?« Ich wich aus, machte einen Witz. Sie musste dringend zur Vorlesung. Ihre polnischen Stiefel knirschten auf dem Schnee.

Ich frage mich, was passiert wäre, wenn ich ihr damals alles gestanden hätte. Wäre alles genauso gekommen oder anders?

Im Frühling eher romantisch. Heller Regenmantel,

Koteletten, sie mit Chignon. Sie zupft dich am Ohrläppchen, du zitierst Nadson, ich tue, als wäre ich aufs Fernsehen konzentriert. *Ironie des Schicksals* oder *Kein Recht, man selbst zu sein,* ich weiß nicht mehr, was lief. Dir hatten sie den Spitznamen »Händel« verpasst, in der Annahme, du würdest nur Händchen halten mit ihr. Irrtum. Du hast ihr außerdem auch die Brustwarzen mit der Zunge gekitzelt – davon bekam sie Gänsehaut an den Waden. Ihr Vater unterrichtete Thermodynamik, wie sich herausstellte, die Mutter auch. Vierunddreißig ist sie jetzt, der Sohn wird bald zehn. Es heißt, sie sei nicht mehr so hübsch, sie hätte zugenommen. Ich weiß nicht, für mich ist sie genau wie damals.

Im Herbst leicht melancholisch. Kein Wunder! Der Papa ihres stummen Verehrers hat deinen Onkel für viele Jahre von der Bildfläche verschwinden lassen, auf versuchte Bestechung lautete die Anklage, du bist vom Fremdspracheninstitut geflogen und der Dekan gleich mit. Adieu, Dos Passos! Es winkte das Baubataillon. Aber bauen wolltest du nach wie vor nicht, lieber hast du einen Ausreiseantrag gestellt und angefangen, dich vorzubereiten. Ihr hast du versprochen, zurückzukommen und sie zu holen, aber du bist nicht zurückgekommen, du hast sie nicht geholt, stattdessen hast du dir einen Bart stehen lassen, ein Einfamilienhaus gekauft und einen Computerhandel aufgezogen, irgendwo in der Gegend von Cincinnati. Anfangs hat sie nachts geweint, dann hat sie sich beruhigt, und schließlich hat sie ihren stummen Verehrer geheiratet, der übrigens nach deiner Abreise eine ganz angenehme Baritonstimme entwickelt hat. Jeden Abend bringt er ihr Blumen mit, jeden Abend. Folglich liebt er sie. Folglich sind auch die Sicherheitsorgane zu großen Gefühlen in der Lage.

Ich schließe die Tür auf, sie – verwaschener Morgenmantel, im Mund eine LM – knurrt: »Schon wieder Gladiolen«, unser Sohn spielt auf dem Balkon mit dem Airedale-Terrier ... Ich danke dem Schicksal für alles. Ich habe nie etwas anderes gewollt als nur sie, nichts, von niemandem. Nie, nichts, von niemandem.

Von dir sprechen wir praktisch nicht. Es fehlt der Anlass. Höchstens im Sommer manchmal. Im Sommer warst du irgendwie komisch. Hast mir oft lange in die Augen geschaut und gefragt: »Wofür hasst du mich so?« Ich war beleidigt: »Bist du bescheuert?« Du lachtest theatralisch, ich zuckte die Achseln und tippte mir an die Stirn, du gabst mir einen Stoß in den Rücken und sagtest oder fragtest: »Junge, du verstehst wohl überhaupt keinen Spaß.«

SNOOPY IN KASIMOW

Früher habe ich mich gequält mit der Frage, ich konnte einfach nicht verstehen, was hinter meinem unbestreitbaren völligen Mangel an literarischer Begabung steckte. Eine Laune der Natur? Blinder Zufall? Eine genetische Verirrung? Und das bei einer Familie, wohlgemerkt, in der man ohne Schwierigkeiten mindestens fünf Literaten finden kann, wovon zwei nach Ansicht ihrer Zeitgenossen einen nicht unwesentlichen Beitrag zum Reichtum unseres heimischen Schrifttums geleistet haben. Mein Großvater, der für seine Verdienste auf literarischem Gebiet noch zu Lebzeiten zwei hohe Auszeichnungen und mehrere Preise erhalten hat, hat ein Dutzend Romane und Filmerzählungen verfasst und wurde als herausragender Ingenieur der menschlichen Seele, der er war, mit allen Ehren auf dem Nowodewitschje-Friedhof beerdigt. Meinen Samisdat-Vater wollte lange keiner verlegen, Anfang der Sechziger hat man sich dann eines Besseren besonnen und doch angefangen, ihn zu drucken, dann war wieder eine Zeit lang Schluss, wie es aussieht, und jetzt – die Perestroika-Generation macht's möglich – stellt sich auf einmal heraus, dass er ein ziemlich mittelmäßiger Belletrist ist, und seine Lagerprosa, die bei weitem nicht das Niveau von Schalamow erreicht, an Langeweile aber Solschenizyn kaum nachsteht, verstaubt friedlich in allen »Häusern des Buches« der Metropolen wie der Provinz.

Jackie Collins und Sidney Sheldon kann er ja auch wirklich nicht das Wasser reichen. Ich meine hinsichtlich des Unterhaltungswerts und was den Einblick in die dunklen Geheimnisse von Hollywood angeht.

Doch nicht von meinem Vater und Großvater will ich erzählen. Noch nicht einmal vom Cousin meines Großvaters, dem Volksdichter Ignat Timofeitsch, der während der Kriegsjahre viele wunderbare Lieder geschrieben hat und bis nach Berlin marschiert ist, wo er bald nach Abschluss der Operation »Luftbrücke« ein kleines Café namens *Chez Ignaz* am Kurfürstendamm eröffnet hat, das bis heute gut besucht ist. Die Rede wird hier von mir selbst sein. Von dem, der ich vor dem Konzert war, und dem, der ich danach geworden bin.

Aufgewachsen bin ich als sorgloser Literaturfonds-Sprössling; meine Eltern räumten mir alle Hindernisse aus dem Weg; dank der Beziehungen meines Großvaters stand mir eine glänzende Karriere offen; zu Beginn der Perestroika fand ich mich in einem kleinen Universitätsstädtchen an der Ostküste der Vereinigten Staaten wieder, wo ich in Gesellschaft einer Gruppe weiterer Günstlinge des Schicksals, die wie ich an einem Studentenaustausch teilnehmen durften, Wirtschaft studierte. Ein klares Makroziel hatte ich dabei vielleicht gar nicht, dafür aber eine Menge Mikroziele, die erstens ersetzten. Zum Beispiel bei den Semesterprüfungen nach Möglichkeit nicht durchzufallen, mir zu überlegen, wo ich in den Ferien hinfahren wollte und was ich noch unternehmen könnte, um mich unter den Amerikanern als einer der ihren zu fühlen, oder zumindest um ihnen klar zu machen, dass ich einer der ihren war usw. Die meisten meiner Mikroziele waren nicht schwer zu erreichen: Das Studium fiel mir leicht; die Zeit verging wie im Flug; die Früchte meiner Amerikanisierung lagen gleichfalls auf der Hand: Pizza, Bier und die Samstage mit Trickfilmen und Joints zum Frühstück waren integrale Bestandteile meiner Existenz in der Neuen Welt geworden. Und wenn ich hinzufüge, dass ich ziemlich konstanten Erfolg bei meinen fortschrittlichen Kommilitoninnen hatte, denen die Aufmerksamkeit »dieses Russen« schmeichelte, so wird hoffentlich verständlich, dass es mich nach Moskau, in unseren Vierzimmerpalast auf dem Semljanoi Wal, nicht allzu sehr zurückzog. Zudem schlug meine Familie beinahe in jedem Brief Alarm, dort gehe es DERART zu neuerdings, dass man sich gar nicht vorstellen könne, wer gerade JETZT freiwillig dorthin zurückfahren würde. Bleib du lieber in deinem Amerika und mucks dich nicht!, schrieben sie. Dazu muss ich sagen, dass ich auch meinerseits zu einem ähnlichen Schluss gekommen war und meine Unterlagen bereits an mehrere angesehene Colleges geschickt hatte, in der Hoffnung, auf wenigstens eine der Aufnahmekommissionen würden meine Noten, die Empfehlungsschreiben meiner Professoren und mein persönlicher Charme beim Vorstellungsgespräch schon den gebührenden Eindruck machen und irgendein Wirtschafts-, Management- oder Sonstwas-Department würde mir bestimmt eine Promotion anbieten. Und das hätte zwei, drei weitere sorglose Jahre in den USA bedeutet. Wer hätte auch annehmen können, dass mich das Schicksal mit der Schnauze auf ein ganz anderes Szenario stoßen würde?

Eines Sonntags lädt mich meine damals gerade aktuelle Freundin auf ein Konzert ein, zu den *Dankbaren Ken-*

nedys oder so ähnlich. Vor dem Konzert gehen wir, wie das so üblich ist, bei Häagen-Dazs vorbei, bestellen jeder eine Portion Jogurt, ich versuche, für sie zu bezahlen, sie lehnt ab, klar (fürchterlich selbstständig sind die Miezen hier, nicht wie bei uns), wir steigen in ihren alten Plymouth ein, unterwegs unterhalten wir uns nett: »Gibt es in Russland auch Jogurt?« – »Ja«, und auf einmal hält sie mir ein kleines Stück Papier hin, von der Größe eines Säuglingsfingernagels, höchstens. Auf dem Papier ist das Hündchen Snoopy abgebildet, mit Sonnenbrille. »Was ist das?«, frage ich. »Säure«, antwortet sie. »Was für eine Säure denn?« – »Na LSD, bist du vom Mond gefallen?« – und sie streckt die Zunge heraus und legt sich genau so ein Papier darauf. »Und was macht das?«, frage ich. »Jede Menge Spaß«, verspricht sie, schluckt ihr Papier hinunter und fügt geheimnisvoll hinzu: »Auf der molekularen Ebene.« »Aha«, denke ich, »interessant.«

Wir kommen zu dem Stadion, wo diese *Sprechenden Kennedys* spielen sollen, ich schlucke das Papier mit Snoopy und … nichts passiert, nur wärmer wird mir irgendwie. Wir gehen rein, setzen uns auf unsere Plätze, die Bühne ist zwar ziemlich weit weg, aber Naomi hat ein Opernglas dabei; die Leute pfeifen, die Musiker kommen auf die Bühne, dabei bemerke ich noch, dass einer von ihnen einen fleischfarbenen, geäderten Anzug trägt und ständig hektisch hin und her rennt; das Publikum ist derweil schon ganz ekstatisch, und die Musiker fangen an zu zappeln und umzukippen, aber nicht mit dem Kopf nach unten, sondern irgendwie seltsam diagonal, und in diesem Moment pressiert es mir auf einmal furchtbar. »Wo willst du hin?«, höre ich Naomis Stimme irgendwo oberhalb von mir, aber statt zu antworten, lege ich den Finger an die Lippen und gehe durchs Dunkel, ich stolpere über irgendwelche Füße, aber ich gehe weiter und versuche, Kurs zu halten auf das Schild »Ausgang«, dann »Toiletten«, dann »Herren«, und denke: »Mein Gott, ist das alles verwickelt und verworren, und so viele Schilder überall! Und jedes bedeutet doch auch etwas! Hinter jedem davon steht ja irgendwas oder irgendwer! Dieses hier zum Beispiel, was soll es bedeuten? Dass mich hinter dieser Tür Herren erwarten? Und was zum Teufel soll ich mit irgendwelchen Herren anfangen, mit Verlaub? Ich muss pissen.« Ich stehe also vor der Tür mit der Aufschrift »Herren«, eine Stunde vielleicht stehe ich so da und weiß ums Verrecken nicht, was ich tun soll. Endlich entschließe ich mich, zu den »Herren« hineinzugehen (obwohl es mich offen gestanden viel mehr zu den Damen zog), doch gleichzeitig mit mir dringen noch etwa dreißig andere Leute dort ein, wobei die meisten von ihnen irgendwie spiegelverkehrt sind, vor allem im unteren Teil, wie in einem Kaleidoskop, nur mit weniger Facetten, und ich schaue also ins Pissoir – und traue meinen Augen nicht. Alles geht glatt auf: makro durch mikro macht repro, es bleibt so gut wie kein Rest stehen – innerlich, mit einer Art sechstem Sinn, habe ich das schon lange geahnt, aber erst jetzt habe ich es streng deduziert, und ich selbst bin kein anderer als dieser Snoopy, ich bin einfach vertauscht worden, so was geht ja schnell hierzulande, da braucht man kein Gentechnik-Ingenieurdiplom aus Stanford, um das zu kapieren, wie der Hase läuft. Das heißt, der auf dem Papier, mit der Sonnenbrille, das war ich, und der mich verschluckt hat, das war auch ich, und die Türen sind jetzt natürlich keine Türen mehr, das ist alles nur Tarnung, und da wo Ausgang steht, ist der Eingang, und wo Eingang steht, da ist der Ausgang, Gott sei Dank haben wir das wenigstens geklärt! Und diese Fliesen! Diese kalten Fliesen! Und diese *Toten Kennedys* heizen jetzt richtig ein, es klingt sehr finster, was sie spielen, sehr aggressiv, sehr subversiv, und Naomi wiederzufinden erscheint völlig aussichtslos, zumindest für mich – unsere Karten hat ja sie –, und ohne sie fühle ich mich hier irgendwie nicht wohl. Gut, dass ich ein paar Repro-Dollars in der Hosentasche habe, nasse zwar, aber doch immerhin Dollars, und ein paar Kreditkarten, die auch feucht sind, und alles um mich herum ist auf einmal getüpfelt, aufs i-Tüpfelchen genau wie bei Seurat, und ich wedle glatt mit dem Schwanz vor Glück, vor plötzlichem Glück. Ist doch egal, wie ich zum Flughafen gekommen bin.

Im Flugzeug konnte ich gar nicht mehr aufhören zu analysieren: War ich nun gezeichnet oder gedruckt? Und falls gezeichnet, wie sollte ich mich dann vervielfältigen? Per Bleistift wahrscheinlich? Aber darüber konnte ich später noch nachdenken. Entscheidend war, dass ich jetzt meinen Spürsinn, all meine Energie und meine (für einen Hund beachtliche) Begabung im Kampf gegen die illegale Einfuhr von Drogen, Waffen und »lebendiger Ware« einsetzen konnte. Einfuhr wohin? Na, in mein Land, meinen Mikrostaat, meine molekulare Heimat, klar? Bei diesem Gedanken fing ich vor Vergnügen sogar zu geifern an, und mein Nachbar zur Linken wechselte auf den freien Platz am Fenster. Das Leben erschien mir zugleich bunter und schärfer konturiert. Ein Makrosinn begann sich ganz von selbst herauszukristallisieren. Was machte es schon, dass ich kein Talent zum Schriftsteller hatte? Na und! Dafür würde ich jetzt ein Fänger im Roggen sein! Genau die richtige Arbeit für einen Rüden, oder?

Ich wartete, bis ich Verbindung mit dem Piloten aufnehmen konnte. Verpasste aber den Moment. Tjaa, mit dem FBI ist wirklich nicht viel los. Und die CIA ist übrigens keinen Deut besser. Es gibt doch ein Menge Dinge, bei denen sie nicht so ganz durchblicken. Man muss schon sagen, der Verwaltungsapparat ist einfach maßlos aufgeblasen, eine sinnlose Verschwendung von Steuergeldern. Gut, dass ich diese Geschichte auf eigene Faust abwickle, Laune eines Karikaturisten, die ich bin. Und an dieser Stelle fiel es mir wie Schuppen von den Augen: MURSILKA! von wegen Pilot, das Hündchen Mursilka war mein Kontaktmann!

Ich landete in Moskau, von Scheremetjewo ging es mit dem Taxi – Preise waren das, eine glatte Unverschämtheit! – zum Kasaner Bahnhof und von da nach Kasimow. Wieso nach Kasimow? Ganz einfach: Kasimow = i(n) mosKaw, deshalb. Da braucht man nicht strukturelle Linguistik in Harvard studiert zu haben, um das zu kapieren.

So weit, so gut. Ich sitze also neben dem Pissoir auf dem Hauptplatz in Kasimow und warte darauf, dass sich ein Kontakt zum Agenten M. ergibt, aber fürs Erste tut sich gar nichts. Kein M. weit und breit. Und da kommen mir auf einmal Zweifel. Warum habe ich mich bloß selbst aufgegessen auf diesem Papier? Wo Naomi so eine schnucklige Töle ist, mit ihren kastanienbraunen Haaren, die nach Kokos riechen, und ihrer kalten Stupsnase. Wahrscheinlich sucht sie mich überall und jault. Es ist irgendwie wie ein Traum, aber ich schaffe es nicht, aufzuwachen.

Ich warte auf Mursilka. Einen Tag warte ich, zwei Tage warte ich.

Nun ist es aber schon Anfang Oktober, und morgens ist es schon kalt, der Dampf steht einem vor der Schnauze, und das Geländer der kleinen Holzbrücke an der Swerdlow-Straße überzieht sich mit einer dünnen Eiskruste, und die alten Männlein, die vorm Eingang zum Markt stehen, holen Bierflaschen der Marke *Gerstenähre* aus ihren Einkaufstaschen, zwinkern einander zu und scherzen: »Trinke fleißig *Gerstenähre*, dann machst du schon bald Karriere« und reiben sich die kalten Hände. Mit einem Wort, der Winter steht vor der Tür. Und ich denke: Nein, da steckt doch was dahinter. Bestimmt hat das alles etwas zu bedeuten. Das ist eine Parole, ganz klar! Gleich wird in der Ferne Mursilka auftauchen, er wird genauso aussehen wie früher in den Cartoons, eine kleine Figur mit Baskenmütze und Schal, er wird mich mit seinen kohlschwarzen Äuglein ansehen, sich neben mich auf die Bank setzen und ohne mich direkt anzusprechen sagen: »Trinke fleißig *Gerstenähre*«, und ich werde ihm auf der Stelle die richtige Antwort geben. Dann wird er mir die Pfote drücken, mich hinterm Ohr kraulen und mir ausführlich erzählen, was ich als Nächstes tun soll. Sonst erfriere ich bald noch auf dieser Bank, so viel steht fest. Ich weiß zwar, dass ich nur eine Zeichnung (oder ein Cartoon) bin, aber es ist trotzdem sehr kalt. Als ich gezeichnet (gedruckt) worden bin, war es immerhin über null Grad, und jetzt ist es eindeutig darunter.

Ah, da ist er ja, Mursilka! Endlich, das wurde wirklich Zeit! Herrgott, aber so klitzeklein ist er! Na gut, ich bin selbst auch nicht gerade der Hund von Baskerville. Und was piepst er da? Ach, stimmt ja, die Parole. Geht's ein bisschen lauter? Wo ist denn hier die Lautstärke? »Trinke fleißig *Heineken*?« Wieso *Heineken*? Die Parole ist doch »Trinke fleißig *Gerstenähre*«, und die Antwort heißt: »Dann machst du schon bald Karriere«. Haben die etwa in letzter Minute die Parole geändert, ohne mir einen Ton zu sagen? Oder wollten sie sie dem Umstand anpassen, dass ich von drüben komme? So ein Mist! Was soll ich ihm denn jetzt antworten? Gleich steht er auf und geht. Mein Gott, ich krepiere noch in diesem Kasimow, mein Geld ist ja fast alle, und ich habe keinen Schimmer, wo hier die konspirativen Wohnungen sind. »Trinke fleißig *Heineken*?«, wiederholt Mursilka und schielt zu mir herüber. Ich muss ihm irgendwas sagen. Egal was, Hauptsache, es reimt sich auf »Heineken«. Nur, was reimt sich denn auf Russisch auf »Heineken«? Gar nichts reimt sich. Es ist wie verhext. Wenn Onkel Ignat aus Berlin jetzt da wäre, dem würde im Handumdrehen ein Reim einfallen. Dann machst du bald eineken, bald zweineken, bald dreineken … Der letzte Schwachsinn! Ich habe Hunger. Da, jetzt steht er schon auf. Er geht schon weg. Verschwindet hinter dem Laden an der Ecke. Nein! Ich kann ihn nicht einfach so gehen lassen, ausgeschlossen. Ich darf einfach nicht. Wenn ich ihn jetzt gehen lasse, was dann? Soll ich vielleicht wieder auf »Partys« gehen und »shoppen« und fernsehen und so tun, als wäre ich ein Amerikaner?

»Halt, Herzchen, bleib stehen, wo willst du denn hin? Ich bin immerhin den ganzen Weg von Stony Brook hierher gekommen. Am Long Island Expressway liegt das. Verstehst du, Bruder, ich wusste ja nicht, dass ihr hier die Parole geändert habt. Mir hat keiner was gesagt. Was soll ich denn jetzt machen? Ich bin nicht mehr dran gewöhnt, an die hiesigen Besonderheiten. Ist lange her, dass ich hier war, vieles habe ich vergessen ... Ich bin bereit, Aufgaben jeder Art zu übernehmen. Hörst du? Jeder Art! Nur bitte, verrate mir, worin meine Bestimmung liegt? Wer braucht mich hier? Sag doch was, Mursilotschka! Bitte!«

Und da endlich dreht er sich um, schaut mich eindringlich an, als wolle er mich fotografieren mit seinen kohlschwarzen Äuglein, rückt seine Baskenmütze zurecht und sagt mit einem vor Kälte leicht heiseren Stimmchen:

»Schwachkopf, so ein Schwachkopf! Mein Gott, was für ein Schwachkopf! Und was mache ich nun mit dir, Kollege aus Amerika? Die Parole vergessen! Das muss man erst mal fertig bringen! Es heißt schon nicht umsonst, dass ihr als Nation ein bisschen schwer von Begriff seid. Obwohl du ziemlich gut Russisch gelernt hast. Könntest glatt für einen von hier durchgehen. Na gut. Komm schon, wir gehen, unser Stab ist hier gleich um die Ecke.«

Und Mursilotschka und ich machen uns eilig auf den Weg zu dem Holzbrückchen an der Swerdlow-Straße, und unterwegs erklärt er mir in allen Einzelheiten meine erste Aufgabe, und ich fühle mich ein bisschen wie der Schauspieler Sawuschkin aus *Tote Saison*, nicke lebhaft, blecke die Zähne, wedle mit dem Schwanz und lausche begierig jedem Wort von ihm.

ZUM SCHEIN

Sascha Jefimow hatte das Nichtstun satt, also fing er an, sich verschiedene Kostüme für das bevorstehende Fest auszudenken. Niemand hatte ihn beauftragt, es war einzig und allein seine Initiative. Sascha staunte selbst: Woher kamen bloß diese phantasmagorischen Visionen aus einer Welt, die ihm völlig fremd war? Er studierte im vierten Jahr Tiermedizin, und für Mode interessierte er sich nicht nur nicht, sondern ging ihr regelrecht aus dem Weg. Seine Kommilitonen fanden, er sei ein etwas langweiliger, guter, aber nicht glänzender Student, schüchtern und unauffällig, und während der Prüfungszeiten wirke er sogar ein bisschen niedergedrückt – das meinten zumindest die Mädchen aus seiner Gruppe. Und nun plötzlich.

Das Erste, was ihm einfiel, war ein billardgrünes Kleid, dazu gehörte eine Queue-Tasche, ein Hut mit Ballfangnetz-Schleier, na, damit würde es wohl keine Probleme geben. Probleme würden vielleicht die Kugelschuhe machen: sie hatten Kugelabsätze und Kugelspitzen. Sascha dachte nach, fing an, in einem dicken Heft etwas zu zeichnen. Vielleicht könnte man auch ...

Ein Stuhlkleid, mit Lehne und vier Beinen, zwei Frauen- und zwei Männerbeinen? Man kann darin ausschließlich sitzen, aufstehen empfiehlt sich nicht. Dazu gehört ein Satin-Futteralmantel, der das Kleid vor Staub und Fettflecken schützt.

Oder ein Konzertflügel-Kostüm, mit Pedalen, Deckel und Noten. Beim Gehen ertönt ein leiser Walzer, an einer Leine läuft ein Miniaturspitz nebenher. Oder ein richtiger Spitz.

Saschas Ideen fanden großen Anklang bei seinen Kommilitonen und seiner Professorin Galina Petrowna, mit der ihn schon seit seinem zweiten Studienjahr ein besonderes Vertrauensverhältnis verband.

Sie war es auch, die ihm die Geschichte aus dem Leben der Schnecken berichtet hatte, von der etwas später noch die Rede sein wird.

Ein Hut *Karawanserei*, die müden Wanderer trinken Reisschnaps, das Lagerfeuer hebt ihre schmalen Gesichter aus der Dunkelheit, ein Hosenanzug *Brunnen*, darin spiegelt sich ein Mädchen mit Schulterjoch, sie hat keine Schuhe, ihre Familie ist arm.

»Die Schnecken, über die wir übrigens lächerlich wenig wissen, haben ihre eigene Sprache, ihre eigene Psychologie, ihr eigenes Signalsystem, wenn man so will. Das System besteht in einer Sprache der Klebstoffe. Ihre Häuser sind der reinste Unsinn, das ist nur zum Schein, sie brauchen sie überhaupt nicht, diese Häuser – pure Fassade. Einmal kam nun eine Delegation aus Ungarn zu uns. Das war, Herrgott, lass mich nicht lügen, 1964, glaube ich. Ich machte gerade meinen Abschluss in Geschichte. Wir tauschten also Erfahrungen aus, bei ihnen war damals die französische Küche groß in Mode: Escargots, und nicht von der kleinen Sorte, wie du dir denken kannst. Hör auf, siehst du nicht, das ist ganz wund hier.«

Ein Hähnchen-Tabaka-Rock mit Tkemali-Umhang und

Pommes-frites-Tasche. Stimmt so, der Rest ist fürs Orchester.

»Mein Vater hatte damals gerade bei der Fabrik Marti eine Garderobe bestellt. Keine einfache Garderobe war das – eine Garderobe wie eine Erinnerung, eine Garderobe wie eine Fuge, bildlich gesprochen, na, du verstehst schon. Die Ungarn fingen bei ihrem Anblick unisono an zu brabbeln: Gib sie uns, gib sie uns, schimschimschimscha, alles was du willst, kannst du dafür von uns haben. Sogar ihre Schnecken hatten sie kurz vergessen. Ich sagte, kommt nicht in Frage. Erstens gehört sie nicht mir, sondern meinem Vater, erkläre ich, und zweitens sitzt mein Bruder gern darauf und stellt sich vor, er wäre in der Wüste, auf einem Kamel, auf einer Reise, mit äußerst knappem Proviant, so sitzt er da im dunklen Flur auf der Garderobe, knabbert an einer Brotrinde und denkt darüber nach, wie er es am besten anstellt, nicht zu verhungern. Ich kann doch meinem Bruder nicht sein Kamel wegnehmen, seine Phantasie. Das geht nicht.«

Kamelanzug, zweireihig. Fatamorganahose: Es scheint, als sei es nicht mehr weit bis zur Stadt, wo man zu trinken und zu essen bekommt. Doch zuerst wird einem die Hose abgenommen.

»Aber die Ungarn (ein hartnäckiges Volk, das kannst du mir glauben) sagen: Wir geben dir das Wertvollste, was wir haben, schimschu-schim: ein altes Escargot-Rezept aus der Zeit von Ludwig dem Großen, dieses Rezept wird dir die Unsterblichkeit schenken, Galija (so haben sie mich genannt, Galija, aua, nein, nicht anfassen, hast du nicht gehört?). Freilich, sage ich, und ich bin eure Großmutter. Wie soll ich das denn überprüfen, ob es mir wirklich die Unsterblichkeit schenkt, und nicht vielleicht irgendwas anderes? Bis zu diesem kritischen Moment dauert es ja noch. Die Garderobe wollt ihr aber womöglich sofort.«

Anzug *Frau*, mit Symptomkrawatte und Schönebeinehose. Man hat ihn an und ist begeistert, man hat ihn an und ist verliebt und bewegt sich schneller, als die Umstände es erfordern.

»Da sagt das Oberhaupt der Delegation zu mir: ›Schau her.‹ Und er holt eine Papierrolle aus seiner Aktentasche, rollt sie aus, und was sehe ich da – ich sehe eine Schnecke im Längsschnitt! Der Dolmetscher erklärt, das sei nur ein Kostüm, ein Schneckenkostüm, aber ich merke, mir stehen schon die Tränen in den Augen, in jeder Windung ihres Häuschens stecken ja meine Ahnen, Saschenka, und die haben doch gekämpft und ihr Blut dafür vergossen, dass es dir und mir gut geht. So wie jetzt gerade ungefähr.«

Ahnen-Anzug: aus Manuskriptimitat, khaki. Schneckenschuhe: Sie gehen von selbst, aber langsam, mit häufigen Pausen. Und hinterlassen Spuren.

»Und da habe ich begriffen, dass mit Unsterblichkeit nicht meine Unsterblichkeit gemeint war, Sascha, sondern die der ganzen Sippe. Wenn mein Sohn oder meine Tochter in 200 Jahren noch lebt, dann ist das auch meine Unsterblichkeit, Sascha. Und außerdem ist mir klar geworden, dass ich auf diese Sippenunsterblichkeit pfeife, und zwar von ganz hoch oben. Ich will meine eigene Unsterblichkeit haben, nur für mich. Ja, jetzt darfst du. Hoppla, na so ein flinkes Fröschchen!

Die Garderobe habe ich ihnen schließlich gegeben.

Und die Schnecke des Oberhaupts der Delegation habe ich gegessen. Er hat sie selbst für mich zubereitet. Und viele Jahre sind seither vergangen, und ich habe immer noch keine Falte, und nirgendwo hängt etwas, und ich bin nach wie vor knapp über dreißig, da siehst du's. Soll ich mich umdrehen?

Meinem Brüderchen habe ich nichts gesagt. Meinem Vater auch nicht. Gestohlen haben sie die Garderobe, habe ich gesagt. Gott sei mein Richter.«

Ein *Gott-sei-mein-Richter*: Pupille, Spirale, aufgesetzte Taschen, Unendlichkeit. Er schaut und schaut, was gibt's denn da so Interessantes zu sehen?

Und dann war der lang erwartete Festtag endlich da. Alle zogen die nach Saschas Entwürfen genähten Kostüme an: das Konzertflügel-Kostüm, den Kamelanzug, das Billardkleid. Alle amüsierten sich sehr, und Galina Petrowna trank zwei Gläser Apfelsaft und fing an, alle zu küssen. Sie trug ein Frau-Kostüm: Zöpfe, Rock, offenes Gesicht ohne ein einziges Fältchen, Sichel, schöne Hände, Kamelhaartasche, Käppi und zerrissene Strümpfe à la *Lindbergh-Baby*.

»Sascha«, sagte Galina Petrowna während eines langsamen Tanzes. »Soll ich dir bald mal Escargots zum Abendessen kochen?«

Sascha dachte einen Augenblick nach, rieb sich die Stirn, als versuche er angestrengt, sich an etwas zu erinnern, und sagte dann entschlossen: »Ja«, und küsste Galina Petrowna würdevoll auf die Nasenwurzel.

EIN SIEG

Für den Anfang gingen zwei Frauen, zwei Studienfreundinnen, ins Kino, in der Hoffnung auf einen schnellen Sieg. Einen jener Siege, von denen man sang, von denen man Lieder sang und Bücher schrieb und Fotos machte fürs Archiv. Und die man im Film gewöhnlich durch ein solide gebautes Drehbuch erringt, durch eine kampflustige Regie, einen gellenden Schrei: »Klappe!«, und schon rennt alles los, die linke Flanke greift an, schwenkt eine Theaterfahne, die Statisten liegen da, so leblos wie möglich, die Maskenbildner haben sich in den Schützengräben versteckt. Ein Mordsspektakel!

Sie hatten also Karten gekauft. Sich hingesetzt. Das heißt, hingesetzt hatte sich nur die eine, die andere wollte noch Limonade holen. Dabei lief schon die Wochenschau. Unsere Erfolge, die Rückschläge unserer ideologischen Feinde, alles geht den Bach runter bei denen, für Talente gibt es keinen Platz in der Welt des Profits, und dann noch Sportmeldungen. Die im Saal geblieben ist, reißt natürlich die Augen auf, weil, das glaubt doch alles kein Mensch. Da kommt die andere, mit der Limonade. Sie wollten sie erst nicht reinlassen mit den Gläsern, aber sie hat sich durchgeschmuggelt. Gerade noch rechtzeitig. Sie setzte sich hin, vorsichtig, um nichts zu verschütten. In diesem Moment fingen zwei Hengste in der Reihe hinter ihnen laut und unanständig zu fluchen an, wobei sie die

Absicht hegten, die Frauen in Verlegenheit zu bringen und auf sich aufmerksam zu machen, sie wussten aufgrund ihrer Jugend und mangelnden Lebenserfahrung nämlich sonst nicht, wie. Die Frauen beachteten sie selbstverständlich überhaupt nicht. Darauf wurden die hinten erst richtig frech, sie fingen an, an den Lehnen der Sitze zu rütteln, auf denen die beiden Frauen, wir wollen sie hier Alexandra Matwejewna Skorospelowa und Darcy van Saint nennen, schon bereit waren, sich geistig ins Stabsquartier unserer Verbündeten zu versetzen und dort mit einem jungen Offizier des Nachrichtendienstes zu fühlen, der von seiner Liebsten einen Brief mit traurigen Nachrichten bekommen hat – ihrem Vater geht es nicht so gut, irgendwas mit den Nieren hat er. Darcy van Saint drehte sich ruckartig um, durchbohrte die Randalierer mit einem verächtlichen Blick, den diese im Dunkeln leider nicht bemerkten, und zischte: »Stop it sofort, ihr äyklige animals! Ihr weiß nicht wen ihr vorhaben! Mein Däd ist ein Diplomätt! Willst du ich rufe gleich die police?« Als die beiden ihren Akzent hörten, wieherten sie los – ich sage ja, Hengste – und ahmten sie auf jede mögliche Weise nach: »Und ob wir weiß wen vorhaben! Wir ganz genau weiß wen vorhaben! Diplomättie, schieß dich ins Knie!«, und einer von ihnen schlug ihr sogar die Pelzmütze vom Kopf. Darcy war natürlich außer sich, sie fing an, im Dunkeln aufs Geratewohl mit den Fäusten zu fuchteln und brüllte: »Wart ein Minute, gleich hast du ein schwarze Auge und dann gehst du dreckig, du Shwonzkopf!«, während Alexandra Alexandrowna Luspekajewa ein halbes Glas Limonade über die Radaubrüder goss und sie anfuhr: »So so, Witze machen wollt ihr also, ihr dreckiges

Pack!« Doch die Radaubrüder ließen sich nicht beeindrucken: »Zwei kleine Judenmädel, die träumen von Odessa nur...«, sangen sie und schlugen die Freundinnen mit voller Wucht ins Gesicht. Einfach das Letzte, oder? Die Frauen kreischten auf, dann fanden sie, so könne es nicht weitergehen, und begannen sich zu wehren, wobei sie skandierten: »Mund-stück! Mund-stock!« Das hieß in ihrer Geheimsprache: »Komm, geben wir diesen Arschgesichtern eins in die Fresse, und noch eins in die Fresse!«

Das Licht ging an, der Film wurde angehalten, die Katjuschas verstummten, die Antwort auf den Brief der Geliebten wurde nicht zu Ende geschrieben; schon kamen die Kartenabreißer angerannt, die Miliz wurde gerufen, ein Protokoll aufgesetzt, die Randalierer (Semjon Wikentjewitsch Ulrich, 23, Fräser, und Roman Jermolajewitsch Goroshanin, 22, Zirkusarbeiter) abgeführt und ins 5. Milizrevier gebracht. Da hielt Darcy es nicht mehr aus, sie schluchzte auf: »Ich mag nicht mehr da sein hier. In diesem Platz die Kinositze saugen und es gestinkt entsetzlich«, und diese Worte wiederholte sie wie eine Geisteskranke immer wieder. Alexandra Samoilowna Rosenkrach indessen versuchte nach Kräften, ihre Freundin zu beruhigen – sie holte allerlei Kleinigkeiten aus ihren Jackentaschen: Spielzeughäuschen, Geschützstände, Zwieback, frisch ausgenommene, noch warme Steppenziesel, bunte Quecksilberkügelchen, allerlei Anstecknadeln und Haarklammern, etwas gegen Schwangerwerden, zwei Eintrittskarten für eine Matineevorstellung eines Synchronbackgammonspiels mit einer auswärtigen Berühmtheit, außerdem ein wenig frühen Gumiljow und ein Antitranspirant, und sie fing sogar zu tänzeln an, wobei sie etwas pfiff, was fast nach Gounod klang, aber all das half wenig. Und da, vor dem Alexander-Saizew-Puppentheater, schob die angehende Marketingexpertin, die überhaupt ein Teufelsweib war (sie hat nur in dieser Erzählung bisher keine Gelegenheit gehabt, alle ihre positiven Eigenschaften zu entfalten, aber da ist sie nicht die Einzige, wissen Sie), ihrer Freundin unbemerkt – und darauf verstand sie sich, oh, wie nur irgendwer! – gerade dorthin, wo es jener im fremden Land am ärgsten an einem Mann fehlte, einen speziellen Männerersatz mit Fernbedienung und schaltete ihn volle Rolle ein.

»O-ooooh! Oh!«

So wurde Dorothy van der Haas die erste amerikanische Frau mit einem russischen Apparat zwischen den Beinen, der beim Gehen surrte, und nicht nur, nicht nur beim Gehen.

Gerade da setzte nun ein leichter Regenschauer ein, ein radioaktiver – tja, tut uns Leid, wegen der Ökologie müssen Sie sich an jemand anderen wenden. Die Freundinnen fassten sich an den Händen und rannten los, immer der Nase nach irgendwohin, allerdings sollte es nach Möglichkeit schon ein Dach über dem Kopf geben, und warm sollte es sein. Sweta und Debbie waren nass bis auf die Haut, als sie endlich in der Pizzeria *Zu Dionys dem Tyrannen S* ankamen und dort die Spezialität des Hauses bestellten, eine schlabbrige neapolitanische Pizza mit Ananas und Erbsen, die Debbie sogleich mit unverhohlenem Ekel in sich hineinschaufelte – der Hunger treibt's rein, stimmt's, kleine Amerikanerin? Sweta hatte indessen am Nebentisch ihre taubstumme Kindheitsfreundin entdeckt, die im Sommer zuvor eine nicht ganz glückliche Ehe mit einem wohlhabenden Geschäftsmann aus Holland eingegangen war (der schikanierte die arme Manjusja und machte sich über sie lustig, wie es ihm gerade passte, dieser holländische Hammel).

»Raika, Schätzchen!!!«, kreischte Swetlana und fiel der Taubstummen um den Hals.

»Ach, hallo«, antwortete die in Zeichensprache. »Wer ist denn diese Nulpe da drüben?« (Raja war krankhaft eifersüchtig auf alle Freundinnen von Lena und hielt sich deshalb in ihrer Wortwahl diesbezüglich nicht zurück, zumal ja auch nicht jeder das Taubstummen-Uh-uh versteht, stimmt's?)

»Selber Nulpe. Das ist meine Freundin Sam.«

»Sam, wieso Sam? Eine Lesbe?«

»Ach komm, hör schon auf! Das ist ihre Abkürzung für Samantha, klingt doch witzig. Was meinst du, was ich ihr du-weißt-schon-wo reingejubelt habe?«

»Einen Ersatz am Ende?«

»Genau. Sie hat furchtbar Sehnsucht nach Scarsdale.«

»Ist das ein Typ?«

»Eine Stadt. Einen Typen können wir ihr hier ja suchen. Und du, bist du schon lange zurück in Moskau?«, fragte Alla Dmitrijewna ihre Freundin und wurde aus irgendeinem Grund rosa wie ein gekochter Krebs, dem man die Scheren mit Gummiband zusammengebunden hat, damit er nicht kneift. (Für »Moskau« zeigt man in der Taubstummensprache zuerst den Kreml, dann Iwan den Schrecklichen im Profil und zum Schluss noch, wenn die Zeit nicht drängt, den Briefwechsel des Zaren mit Kurbski.)

»Erst drei Tage«, zeigte Manjusja mit den Fingern, und

dann schob sie ihr Hemd hoch und entblößte die Brandmale auf ihrem Bauch. »Guck mal, was mein Goldstück so alles anstellt.«

»So ein Schuft«, sagte Pascha entsetzt. »Und das lässt du dir gefallen, Ma?«

»Uh-uh«, seufzte Masja.

Samantha hatte in der Zwischenzeit auch das zweite Stück Pizza aufgegessen und mit 7up nachgespült, jetzt kam sie zu den beiden Freundinnen.

»Sehr freu-freut«, lächelte sie. Sie konnte durchaus freu-freund sein, besonders wenn sie satt war. »My Name ist Zementa van Saint. Ich bin in Moskau schon ein halb Jahr und habe noch keine Fuß aus die Tretjakowka rausgesetzt. Oh, dieser Rubljow! O-oh!« (Alla hatte insgeheim wieder den Ersatz eingeschaltet und die taube Lionella dabei mit dem Ellbogen angerempelt.) »Heute wollten Lelka hier und ich ins Kino, also, wir setzen uns also hin ... und da ... und da ... und da ...« – in diesem Moment fiel ihr wieder ein, dass sie Schusselchen ja ihre Pelzmütze im Kino gelassen hatte ... »(Verdammt!) Ich muss rennski, ich muss doch mein Hät, sie ist ein Geschenk von meine Großvater und se-ehr lieb zu mir, er war so etwas wie ein Senator und mochte solche einfachen Freuden sehr, diese Geschenke (die Freuden!) der ... O-oh!! Hör auf! Ich zieh es raus, und dann du verlierst jede Kontroll unter mir!«, so sie drohen halb im Scherz ihrer Freundin mit das Finger und springen raus aus die Schenke ans Licht, wo, weiß Gott, schon knisternd das erste Gras trocknen! Funkensprühend, Ende-Anfang April, und alles röchelt so frischblütig!

Wie ich diese Zeit liebe, die Mädchen verströmen so

etwas Ungreifbares bei diesen Temperaturverhältnissen, doch kaum oh, oh!

»Sag mal, ist das nur deine Freundin, die ein bisschen schwachsinnig ist, oder sind die da drüben durch die Bank solche Missgeburten?«, wandte die eifersüchtige Taubstumme sich an Pascha.

»Woher soll ich das wissen, war ich vielleicht dort?«, fragte Alexandra Tichonowna zurück – ihr Geburtstag fiel nämlich ausgerechnet auf den 29. Februar, weshalb sie eigentlich erst sieben Jahre und zwei Monate alt war, und in diesem Alter sind die Kinder ja schrecklich neugierig, woher die Beine wachsen und wie man Lastwagen mit Anhänger kaputtmacht. »Und meine Cécile lass gefälligst in Ruhe. Wir haben so viel gemeinsam, sie und ich!«

Dabei steckte Olja ausdrucksvoll den Mittel- und Zeigefinger ihrer linken Hand in den Mund und lutschte sie genüsslich ab, und zwar unter so lautem Schnaufen und Schmatzen, dass die Freundinnen von hinten gepackt und aus der Pizzeria geschleift wurden, man schrie ihnen hinterher, wo sie am besten stehen und herumschmatzen sollten, und warf zuletzt noch mit einem leeren Salzstreuer nach ihnen.

»Solche verschissenen Präser!«, sagten die Mädels beleidigt.

Sie verabschiedeten sich.

»Ruf wenigstens an, bevor du wegfährst.«

»Uh-uh.« (Klar rufe ich an.)

»Und wenn dein Jochanytsch, dieser Hammel, seine Hände nicht bei sich behalten kann, brauchst du nur zu pfeifen, dann komm ich mit ein paar Freunden und zieh ihm ordentlich die Eier ab, diesem holländischen Gockel.«

»Uh-uh-uh! uh-uh.« (Ach hör auf, du weißt doch, dass mir das gefällt, sonst wäre ich gar nicht mit ihm zusammen.)

»Na, dann geh doch gleich hier zur Feuerwehr. Da kriegt man Prämien für Brandwunden. Daheim bleibt doch daheim. Wer fragt denn dort schon nach dir? Zum Kuckuck, du bist doch kein Aschenbecher, dass er seine Zigarren an dir ausdrückt!«

»Uh-uh-uh, uh-uh-uh, k-ka-a-a sss glaaa, aoa dd!« (Weißt du was, lass mich einfach in Ruhe, ja? Ihr werdet euch hier bald nur noch von Kacke ernähren in eurem Glasnost-Rausch! Ah, da kommt deine Debile wieder!)

Und tatsächlich, es war Jill, die da eilig auf die große Irina und die kleine Irina zukam. Sie hielt ihre Pelzmütze in den Händen wie eine Art Kriegstrophäe und lächelte übertrieben freudig, ich würde sogar sagen: triumphierend. In einiger Entfernung von der Amerikanerin, aber eindeutig *zusammen* mit ihr, schritt ein hoch gewachsener, schöner junger Mann einher – er sah ziemlich gut aus und war noch nicht alt, relativ groß, hübsch und allem Anschein nach jung, trotz seines gewaltigen schwarzen Vollbarts, den sechs zwergenwüchsige Friseure in kurzen rosa Pantalons und blassgrünen Turbanen auf purpurfarbenen Samtkissen vor ihm hertrugen. Die Zwerge waren untereinander auf die eine oder andere Weise mit roten Bändern verbunden, auf denen lustige und unanständige Wörtchen geschrieben standen. Der junge Bartträger spielte auf der Schalmei eine halb vergessene Melodie aus meiner Kindheit. Der junge Bartträger war der Prinz eines kleinen Landes an der Grenze zu – ach, zu gar nichts weiter im Grunde. Na, Jill? Nun gib schon zu, Mädchen: Ist der junge Bartträger wenigstens ein bisschen nach deinem Geschmack? Sag ja, Darcy! Ich bitte dich. Ach komm, diesen doofen Bart rasiert er sich doch wieder ab, Dorothy, nun hör schon auf zu nörgeln. Wenn ich dir doch sage: Er ist ein Prinz!

Die Irinas setzten sich glatt hin. (Wenn es zu meinen Gewohnheiten gehörte, mich gegen die Wahrheit zu versündigen, würde ich sogar sagen, die kleine Irina konnte plötzlich wieder sehen!) Wie alles funkelte ringsum, vom Frühlingsregen frisch gewaschen, es blitzte und knackte nur so! Wahrscheinlich sollte man genau an dieser Stelle einen Punkt setzen, um nicht alles wieder zu verderben.

Tja, lange ist das alles her...

BULGARISCHE AFFEN

Zu der Zeit, als ich ein hoffnungsvolles junges Talent war, brachte mich ein schönes Mädchen mit erstaunlicher Singstimme und feuchten Augen um den Schlaf. Um den Schlaf gebracht ward ich von einer schönen jungen Person, begabt und hoch gebildet. Außerdem: Zuweilen erwiderte sie etwas in grobem Ton und manchmal, wenn sie blau war, auch meine Gefühle, ich dagegen wollte sie ausschließlich nüchtern, aber da war nichts zu machen. In Bulgarien, heißt das. Und wie geht es da noch gleich zu, in Bulgarien? Richtig: Zustimmend nicken bedeutet »nein«, und ablehnend den Kopf schütteln bedeutet »ja«. Die Psychologen erklären das so: Als du, Leser, noch ein Säugling warst und deine Mutter dich stillte, hast du, wenn du satt warst, den Kopf von links nach rechts gedreht – ich mag nicht mehr, hieß das, nimm die Zitze weg, Mama. Und wenn du noch mehr Milch wolltest, hast du dein Gesichtchen an ihrer Brustwarze gerieben, auf und ab – ja, hieß das, ich möchte noch. Ganz allgemein gesprochen – das nehme ich zumindest an – heißt »nein« also nicht einfach nur »nein«, sondern »nein danke, ich habe genug«, während »ja« nicht einfach nur »ja« heißt, sondern »ja bitte, ich will noch mehr«. Aber das ist, wie gesagt, schon meine eigene Weiterentwicklung dieser Theorie, die übrigens noch nicht bewiesen ist, aber auch nicht widerlegt.

In Bulgarien dagegen, sagen die Psychologen, bedeutet »ja« möglicherweise deshalb »nein« und »nein« deshalb »ja«, weil man die Säuglinge beim Stillen dort in horizontaler Lage hält und sie sich von der Brustwarze mittels einer Auf-und-ab-Bewegung des Kopfes abwenden, d. h. der »Ja«-Bewegung, während sie mit der »Nein«-Bewegung umgekehrt zeigen, dass sie noch mehr Milch wollen. Na, darüber könnte man nun natürlich die ganze Nacht weiter theoretisieren.

In jedem Fall stiftete diese Besonderheit in meinem ohnehin schon unklaren Verhältnis zu dem singlustigen Mädel – wir wollen sie hier D. Ch. nennen – zusätzliche Verwirrung und bereitete mir jungem Dichter, der sich in den komplizierten Regungen des weiblichen Herzens nicht auskannte, immer wieder allen möglichen Verdruss.

Hier ein typisches Beispiel. Eines Abends sitzen wir bei ihr in der Dimitrow-Straße, lesen uns gegenseitig das neueste Werk von Julia Kristeva vor, trinken herben bulgarischen Wein und qualmen Opal, da wird auf einmal die Tür aufgerissen, und in ihre kleine Einzimmerwohnung stürmt ein ganzer Pulk mir unbekannter Affen beiderlei Geschlechts herein. Echte Affen: Sie haben lange Haare und Gitarren, sind laut und frech, fallen ihr um den Hals, verlangen etwas zu fressen, bedienen sich ohne zu fragen aus dem Kühlschrank, mit einem Wort, sie benehmen sich unverschämt. Einer schafft es sogar, auf den Schrank zu klettern. Ich flüstere ihr zu: »Was sind das für Affen, aus welchem Zoo sind die denn entlaufen?« – »Nicht doch«, sagt sie mit einer unbestimmten Kopfbewegung. »Das sind doch keine Affen, warum sagst du das? Das sind alles meine Kommilitonen.«

Ich war furchtbar unangenehm berührt. Besonders, als einer von ihnen – so ein widerliches Pavianmännchen – sich aufs Sofa legte, seine Schnauze gegen ihre Knie stupste und anfing, mit dem Schwanz auf den Boden zu klopfen. Schon hatte einer der »Gäste« eine völlig hemmungslose Musik aus den dreißiger Jahren angestellt, ein anderer entblößte höhnisch lächelnd sein leuchtend rotes Zahnfleisch, und los ging's mit der wildesten Tanzerei. Die Meerkatzen stellten sich im Kreis auf und tanzten einen Reigen, während der Pavian meine Sängerin packte, sie in die Mitte des Kreises schleifte und dort nach Herzenslust begrapschte. Und was das Schlimmste war – sie wehrte sich überhaupt nicht. Im Gegenteil, sie legte die Arme um die Taille dieses Tiers, lehnte den Kopf an seine Schulter und schaute gleichzeitig immer wieder zu mir herüber mit ihren feuchten Augen.

Ich blickte stumm auf dieses Bacchanal und dachte bei mir: »Und so eine hat mich um den Schlaf gebracht? Wegen der habe ich mich in diesem gottverlassenen Bulgarien niedergelassen, wo niemand meine Gedichte liest und je lesen wird, die lesen ja nicht mal ihre eigenen Gedichte hier?! Diese D. Ch. ist doch genauso ein Affe wie ihre Freunde!«

»Zum Henker mit euch allen!«, brach es aus mir hervor. »Mich seht ihr hier zum letzten Mal, ihr geschwänzten Kreaturen! Ich mag nicht mehr, nein danke, ich habe genug, nein, nein, nein! …«

Und ich fing an, wie ein Wahnsinniger mit dem Kopf zu nicken.

Wie von der Tarantel gestochen sprang ich vom Sofa auf, stürzte zur Tür, ein niedliches Schimpansenweibchen versuchte, mir den Weg zu versperren, aber ich schleuderte sie mit solcher Kraft von mir weg, dass sie aufkreischte und gegen die Garderobe flog, von der es Lammfellmäntel und Pelzmützen auf sie herabregnete.

Ich weiß noch, wie ich über den dunklen Dimitrow-Prospekt rannte und auf Schritt und Tritt in den Schneebergen einbrach, dann hielt ich das erstbeste Auto an und war schon eine Viertelstunde später zu Hause. Am nächsten Morgen flog ich mit der ersten Maschine zurück nach Montenegro.

Seither ist viel Zeit vergangen, an die Stelle des Schmerzes um den Verlust ist Verwunderung getreten, an die der Verwunderung Gleichgültigkeit, an die der Gleichgültigkeit der Wunsch, Ihnen diese Erinnerung mitzuteilen, und was wiederum an die Stelle dieses Wunsches treten wird, weiß der Herrgott allein.

GLOSSAR

Belomor, Zigarettenmarke vom Typ Papirosa (langer geknickter Pappfilter, schwarzer Tabak)

Budjonowka, Kopfbedeckung der Roten Armee: spitz zulaufende Filzmütze in Form eines Helms mit rotem Stern

Czerwone Gitary (Rote Gitarren), polnische Rockband

Dschigiten, tatarische Krieger, verwegene Reiter

Eiserner Felix, Feliks Dzeržinskij, 1877–1926, erster Leiter des 1917 gegründeten sowjetischen Geheimdienstes und Mitorganisator des »Roten Terrors«; das Dzeržinskij-Denkmal vor dem Hauptgebäude des KGB auf dem Moskauer Lubjanka-Platz wurde nach dem Putsch 1991 von Demonstranten (mit später technischer Hilfe der Stadtregierung) gestürzt.

Intourist, zentrale sowjetische Organisation für Auslandstourismus

Kaplan, Fanny, 1887–1918, russ. Sozialrevolutionärin, angebliche Lenin-Attentäterin, 1918 hingerichtet

Katjuscha, sowjetische Artilleriegeschütz, bei deutschen Soldaten im Zweiten Weltkrieg auch als »Stalinorgel« bekannt

Komsomol, sowjetische Jugendorganisation

Krasnaja, renommiertes Hotel in Odessa (ehem. Hotel Bristol, 1899 erbaut)

Kwass, schwach alkoholisches säuerliches Getränk,

meist aus vergorenem Brot, Malz oder Früchten hergestellt

Lied vom Vaterland, russ. »Pesnja o rodine«, eines der bekanntesten Lieder der Stalinzeit. Die hier parodierten ersten beiden Zeilen lauten im russischen Original (Text Vasilij Lebedev-Kumač, 1935): »Široka strana moja rodnaja, / Mnogo v nej lesov polej i rek«, in der deutschen Übersetzung von Erich Weinert »Vaterland, kein Feind soll dich gefährden, / teures Land, das unsre Liebe trägt!«.

MGU (Moskovskij Gosudarstvennyj Universitet), Moskauer Staatliche Universität (Lomonosov-Universität)

Opal, bulgarische Zigarettenmarke

Petschorin, Hauptfigur von Michail Lermontovs Roman *Geroj našego vremeni* (Ein Held unserer Zeit, 1840), klassischer Typus des »überflüssigen Menschen«

Pilaw, usbekisches (aber auch in anderen Ländern, etwa der Türkei, verbreitetes) Reisgericht

RAM 1, das Datum des 1. Mai (einer der wichtigsten sowjetischen Feiertage), russisch geschrieben: 1 МАЯ, ergibt von der Rückseite gelesen RAM 1. *Ram* war der Titel eines 1970 erschienenen Albums von Paul McCartney.

Samisdat, dt. etwa »Selbstverlag«, illegale Publikationsform nicht zur Veröffentlichung zugelassener Literatur in der Sowjetunion (häufig in Form von Typoskripten)

Sowchose, staatlicher landwirtschaftlicher Großbetrieb in der Sowjetunion

Stschi, russische Kohlsuppe

Tkemali, traditionelle georgische Pflaumensoße

Tote Saison, (Mertvyj sezon, 1968) sowjetischer Spionagefilm

Tsushima, Inselgruppe in der Koreastraße, Ort einer entscheidenden Schlacht im russisch-japanischen Krieg (1905). Nach der Niederlage bei Tsushima mußte Rußland Friedensverhandlungen beginnen.

Utjossow, Leonid, 1895–1982, bekannter odessitischer Musiker und Schauspieler, Gründer einer der ersten sowjetischen Jazz-Ensembles, mit dem er auch im Film »Lustige Burschen« (Veselye rebjata, 1934) auftrat

Die Originalausgaben erschienen unter den Titeln
»Reka No. 7« bei Slovo/Word, New York

»Gorod ubyvajuščich prostranstv« bei Drugie berega, Tver'

1. Auflage 2003
Deutsche Erstausgabe

Die Übersetzung wurde gefördert
vom Literarischen Colloquium Berlin
mit Mitteln des Auswärtigen Amtes
und der Senatsverwaltung für Wissenschaft,
Forschung und Kultur Berlin
Schutzumschlag- und Einbandgestaltung:
Bertsch & Holst, Frankfurt am Main
Herstellung: Thomas Pradel, Frankfurt am Main
Satz: Fotosatz Reinhard Amann, Aichstetten
Druck und Bindung: GGP Media, Pößneck
Printed in Germany
ISBN 3-627-00106-0
1 2 3 4 5 – 07 06 05 04 03